双葉文庫

知らぬが半兵衛手控帖

忘れ雪

藤井邦夫

目次

忘れ雪　知らぬが半兵衛手控帖

江戸町奉行所には、与力二十五騎、同心百二十人がおり、南北合わせて三百人ほどの人数がいた。その中で捕物・刑事事件を扱う同心は所謂《いわゆる》〝三廻り同心〟と云い、各奉行所に定町廻り同心六名、臨時廻り同心六名、隠密廻り同心二名とされていた。

臨時廻り同心は、定町廻り同心の予備隊的存在だが職務は全く同じである。そして、定町廻り同心を長年勤めた者がなり、指導、相談に応じる先輩格でもあった。

第一話　生き恥

一

雨戸の隙間から差し込む斜光は弱々しく、薄暗くて寒い冬の一日を覚悟させた。

雨戸は、外から小さく叩かれていた。

「さるは掛けていないよ」

北町奉行所臨時廻り同心の白縫半兵衛《しらぬいはんべえ》は、煎餅蒲団《せんべいぶとん》を被ったまま告げた。

「お早うございます、旦那。じゃあ……」

〝日髪日剃《ひがみひぞり》〟に来た廻《まわ》り髪結《かみゆい》の房吉《ふさきち》は、音を鳴らしながら雨戸を開け始めた。

半兵衛は蒲団を片付け、顔を洗う為に寝間を出た。

正月が過ぎて一ヶ月、冬の寒さに容赦はなかった。

半兵衛は房吉に言葉を掛け、寒さに身を縮めて井戸端に急いだ。

息は白く散った。


半刻（一時間）が過ぎた。

房吉は、岡っ引の本湊《ほんみなと》の半次《はんじ》と朝飯の後片付けをして帰った。

半兵衛は、半次と共に八丁堀北島町《はっちょうぼりきたじまちょう》の組屋敷を出て北町奉行所に向かった。

町奉行所の与力・同心は、巳《み》の刻四つ（午前十時）が出仕の時とされていた。

だが、同心たちの殆《ほとん》どは、辰《たつ》の刻五つ（午前八時）に出仕していた。

半兵衛と半次は、楓川《もみじがわ》に架かる海賊橋《かいぞくばし》を渡り、日本橋通りの賑《にぎ》わいを横切って外濠《そとぼり》に架かる呉服橋《ごふくばし》御門前に出た。

外濠は凍《い》て付いたように澱《よど》んでいた。

呉服橋御門を渡ると御曲輪内《おくるわうち》となり、右手に道三堀《どうさんぼり》があり、左手に北町奉行所があった。

半兵衛は、半次を従えて北町奉行所の表門を潜《くぐ》った。

「半兵衛の旦那、お早うございます」

役者崩れの鶴次郎《つるじろう》が、表門脇の腰掛けで半兵衛たちを待っていた。

「やあ、今日は早いな」

鶴次郎が半兵衛の許《もと》に姿を見せるのは、いつもは昼近くだった。

「はい。ちょいと……」

鶴次郎は、緊張を過《よ》ぎらせた。

何かある……。

半兵衛の勘が囁《ささや》いた。

「よし。詰所《つめしょ》に顔を出してすぐに戻って来る。半次と待っていてくれ」

「はい……」

半兵衛は、鶴次郎と半次を残して同心詰所に向かった。

「どうした……」

半次は、戸惑いを浮かべた。

鶴次郎は半兵衛の手先を務めており、半次とは幼馴染《おさななじ》みだった。

「昨夜、黒木兵馬《くろきへいま》さんを見掛けてな……」

「黒木兵馬……」

半次は眉をひそめた。

湯島天神《ゆしまてんじん》門前の盛り場は、昨夜の酒の残滓《ざんし》を漂わせて眠っていた。

「あの居酒屋です……」

鶴次郎は、腰高障子《こしだかしょうじ》に瓢簞《ひょうたん》の絵が描かれた居酒屋を指差した。

「瓢簞か……」

半兵衛は、居酒屋の屋号を読んだ。

「はい」

「黒木兵馬に相違ないんだな」

半兵衛は、厳しさを滲《にじ》ませた。

「総髪《そうはつ》に着流しで以前より痩《や》せていましたが、間違いありません」

鶴次郎は、緊張に微《かす》かに声を嗄《から》した。

「そうか……」

半兵衛は、黒木兵馬の無念さに満ち溢《あふ》れた顔を思い出した。

三年前、旗本早川図書《はやかわずしょ》の家臣である黒木兵馬は、貧乏御家人の松宮清蔵《まつみやせいぞう》の娘の佐知《さち》と祝言《しゅうげん》をあげたばかりだった。

老父を病で亡くし天涯孤独だった黒木兵馬は、新しい家族が出来た事に幸せを覚えた。しかし、幸せは長くは続かなかった。岳父松宮清蔵が、何者かの闇討ちに遭《あ》って斬り殺されたのだ。

半兵衛たちが、黒木兵馬と知り合ったのは松宮清蔵が闇討ちされた時だった。

その時、黒木兵馬は無念さに顔を歪《ゆが》めていた。

半兵衛たちは探索を始め、松宮清蔵を闇討ちしたのが浪人の佐藤凉一郎《さとうりょういちろう》だと突き止めた。

遺恨《いこん》の果てだ……。

佐藤凉一郎は、浪人仲間に薄笑いを浮かべて言い触らしていた。

酷薄な男……。

半兵衛たちは、浪人の佐藤凉一郎を追った。だが、佐藤凉一郎は逸早《いちはや》く江戸から逐電《ちくでん》し、半兵衛たちの探索は頓挫《とんざ》した。

黒木は、主《あるじ》の早川図書の許しを得、十五歳になる義弟の松宮清之助《せいのすけ》の後見人として仇討《あだう》ちの旅に出立《しゅったつ》した。そして半年後、新妻の佐知は何故か自害し、黒木兵馬は仇討ちの旅の途中で旗本早川家を放逐された。

新妻の佐知の自害と黒木兵馬の放逐……。

半兵衛はその事実を知り、困惑せずにはいられなかった。

何故だ……。

半兵衛は、旗本早川家を密かに探った。

半次と鶴次郎は、早川家家中の様子を探り、拘《かか》わる噂《うわさ》を聞き集めた。

早川図書は、公儀旗奉行《はたぶぎょう》を務める三千石の大身旗本だった。旗奉行は老中支配下にあり、将軍家の軍旗の管理を司《つかさど》る役目であった。

早川家は、武家としての厳しい家風を誇っていた。だが、事実は違った。

早川家の厳しい家風は役目上での擬態《ぎたい》に過ぎず、実態は主の図書の気分次第だと囁かれていた。そして、その図書は無類の女好きと噂されていた。

黒木兵馬の新妻佐知は、自害する前日に図書に呼ばれていた。

呼ばれた理由は何か……。

仇討ちの旅に出ている黒木兵馬に拘わる事なのか……。

半兵衛は、半次や鶴次郎と共に早川家家中の噂を搔《か》き集めた。そして、早川図書が黒木佐知に好色な眼を向けていたのを知った。

早川家家中の者たちは、黒木兵馬を密かに憐《あわ》れんでいた。憐れみには、軽い侮《あなど》りが含まれていた。

半兵衛は、黒木佐知の自害に潜むものに気付いた。

黒木兵馬は新妻の佐知の死を知らず、義弟の松宮清之助と共に佐藤凉一郎を追って仇討ちの旅を続けていた。

時は流れ、歳月が過ぎた。

黒木兵馬は、江戸湯島天神門前町にある居酒屋に現れた。

半兵衛は不安を感じた。

黒木兵馬は、義弟の松宮清之助と共に岳父の仇の佐藤涼一郎を討ち果たし、本《ほん》懐《かい》を遂げたのか……。

半兵衛の不安は、不吉な予感になった。

黒木兵馬は、早川家を放逐され、妻の佐知の自害を知ってどうする気なのだ。

一刻も早く、黒木兵馬に逢《あ》わなければならない……。

半兵衛は、微かな焦《あせ》りを覚えた。

「それで鶴次郎。黒木さん、誰と酒を飲んでいたんだ」

「はい。羽織袴の若い侍と……」

「羽織袴の若い侍……」

「おそらく早川家の家来かと……」

鶴次郎は睨《にら》んだ。

「そうか。で、どうした」

「そいつなんですが、半刻が過ぎた頃、黒木さん、居酒屋を出ましてね」

「追ったのか……」

半次は身を乗り出した。

「ああ。だけど警戒が厳しくて、昌平橋《しょうへいばし》の船着場で見事に振り切られちまった」

鶴次郎は口惜《くや》しげに告げた。

黒木兵馬は、尾行を厳しく警戒した。

鶴次郎は、充分に距離を取って慎重に尾行した。だが、黒木の警戒は厳しく、昌平橋の船着場に降り、待たせてあった猪牙舟《ちょきぶね》に乗ったのだ。

黒木兵馬を乗せた猪牙舟は、神田川《かんだがわ》を大川に向かって下った。

鶴次郎は、神田川に映《は》える猪牙舟の明かりを見送るしかなかった。

「成《な》る程《ほど》、見事なもんだぜ」

半次は感心した。

「ああ……」

鶴次郎は苦笑した。

「鶴次郎、その時、お前の他に尾行《つけ》ている奴はいなかったか……」

半兵衛は、黒木の尾行に対する警戒が鶴次郎に向けたものではないと読んだ。

「ええ。あっしもそう思ったんですが、他に尾行ている者は誰もいませんでした」

鶴次郎は云い切った。

「そうか……」

「旦那……」

半次は戸惑った。

「黒木さんは、尾行されてもおかしくない真似をしており、そいつを自分でも良く知っている訳だ」

半兵衛は睨んだ。

「はい……」

鶴次郎は頷《うなず》いた。

「よし、鶴次郎。黒木さんが酒を飲んでいた相手の若い侍を捜してみよう」

「はい……」

「半次、瓢箪にそれとなく探りを入れ、見張ってくれ」

「承知しました」

半次は頷いた。

半兵衛は半次を残し、鶴次郎と共に早川図書の屋敷に急いだ。

湯島天神門前町の盛り場は眠り続け、居酒屋『瓢箪』に動きはなかった。


神田川には冷たい風が吹き抜けていた。

半兵衛と鶴次郎は、神田川に架かる水道橋を渡って駿河台小川町《するがだいおがわまち》の武家屋敷街に入った。

小川町の武家屋敷街には、大名や大身旗本の屋敷が甍《いらか》を連ねていた。

半兵衛は、寒そうに身を縮めて坂道を上がった。

旗本三千石の早川屋敷は、坂道をあがり切った処《ところ》にあった。

早川屋敷は長屋門を閉め、冬の冷たい風に静まり返っていた。

三千石取りの大身旗本の屋敷は一千五百坪程の敷地を誇り、表と奥の御殿、侍長屋、中間長屋《ちゆうげん》、土蔵、厩《うまや》などが建っている。そして、五十人程の家臣とその家族、中間小者、腰元《こしもと》、女中などが暮らしていた。

「黒木兵馬さんと御新造《ごしんぞう》も此処《ここ》で暮らしていたんですね……」

鶴次郎は、早川屋敷の長屋門を見上げた。

「うん。さあて、黒木さんと一緒にいた若い侍、早川家家中の者なら良いが……」

半兵衛と鶴次郎は、辺りに見張り場所を探した。

湯島天神門前町の盛り場は遅い朝を迎えていた。

軒を連ねる飲み屋は、店の掃除や仕込みを始めた。

半次は、物陰から見張った。

年増《としま》の酌婦《しやくふ》が箒《ほうき》を手にし、居酒屋『瓢簞』から出て来て大欠伸《おおあくび》をした。

「おこん、ぐずぐずしないでさっさと掃除をするんだよ」

女将《おかみ》と思われる大年増が、居酒屋『瓢簞』から顔を出した。

「はい、はい……」

おこんと呼ばれた年増の酌婦は、のろのろと店先の掃除を始めた。

半次は苦笑した。

おこんは、仏頂面《ぶつちようづら》で箒を動かしていた。

「おこんさん……」

半次は、不意に声を掛けた。

「えっ……」

おこんは振り返った。

半次は、おこんに素早く小粒《こつぶ》を握らせた。

「お、お前さん……」

おこんは、小粒を一瞥《いちべつ》して戸惑った。

「昨夜、総髪で着流しの痩せた浪人の客が来ただろう」

半次は遮《さえぎ》った。

「えっ……」

おこんの戸惑いは、困惑になった。

「若い侍と酒を飲んでいた筈だ」

半次は畳み掛けた。

「ああ……」

おこんは、思い出して頷いた。

「その浪人、何処《どこ》に住んでいるのか分かるかい」

「いいえ……」

おこんは、首を横に振りながら小粒を握り締めた。

「そいつは取っておきな……」

半次は苦笑した。

おこんは、思わず顔を綻《ほころ》ばせた。

「その代わり、今度その浪人が来たら……」

半次は囁いた。

おこんは、小粒を固く握り締めて頷いた。


昼が過ぎた。

羽織袴の武士が、坂道を足早に上がって来て早川屋敷の潜り戸を叩いた。

中間が顔を出した。

羽織袴の武士は、中間に何事かを告げた。

表門が開かれた。

「旦那……」

「うん。早川図書が下城して来るんだろう」

半兵衛と鶴次郎は、坂道を見下ろした。

武家駕籠《かご》が供侍を従えて坂道を上がって来た。おそらく武家駕籠には、江戸城での役目を終えた早川図書が乗っているのだ。

早川家の家臣たちが、表門の左右に並んで主人の帰りを待った。

「鶴次郎……」

半兵衛は、左右に並んだ家臣たちを示した。

「はい……」

鶴次郎は、並ぶ家臣たちに黒木兵馬と逢っていた若い侍を捜した。

「いるか……」

「いいえ……」

鶴次郎は焦った。

武家駕籠の一行は坂道を上がり、早川屋敷の表門を潜って屋敷内に入って行く。

「旦那……」

鶴次郎は声を弾ませた。

「いたか……」

「はい。供侍の一番後にいる奴です」

鶴次郎は、武家駕籠の一番最後を行く若い家来を示した。

「奴か……」

「はい……」

武家駕籠の一行は、家来たちに迎えられて早川屋敷に入って行った。

中間たちが表門を閉めた。

表門は軋《きし》みを甲高《かんだか》く鳴らして閉められた。閉まる音が重く響いた。

「睨み通りだったな」

半兵衛は、小さな笑みを浮かべた。

黒木兵馬は、己を放逐した早川家の家来と逢っていた。

若い家来は、早川家の意を受けて黒木兵馬に逢ったのか、それとも個人的な拘わりでなのか……。

もし、個人的な拘わりで逢ったとしたなら、若い家来は黒木兵馬と親しいのに違いない。

「とにかく野郎を調べてみます」

「うん。そうしてくれ」

「じゃあ……」

鶴次郎は、早川屋敷の裏手に廻って行った。

半兵衛は路地に潜み、冷たい風に鼻水をすすりながら早川屋敷を見張り続けた。

冬の日暮れは早い。

湯島天神門前町の盛り場は、申《さる》の刻七つ半（午後五時）には明かりが灯《とも》され、客が行き交い始めた。

半次は、居酒屋『瓢箪』についての聞き込みをした。

居酒屋『瓢箪』は、おせいと云う名の大年増の女将が、二人の板前と二人の酌婦を使って営んでいた。その酌婦の一人が、年増のおこんだった。客は職人、お店者《たなもの》、人足などが多く、酒の安い店との評判だった。

女将のおせいは、おこんたち二人の酌婦に客を取らせたが、望む客は滅多にいないと云う噂だった。

いずれにしろ居酒屋『瓢箪』に悪い評判はなく、客にも不審な者はいないようだった。

昨夜、黒木兵馬と若い侍は、意図的に『瓢箪』に来たのではなく、偶々《たまたま》来ただけなのかもしれない。もしそうだとしたなら、黒木兵馬と若い侍が再び来るのは余り期待出来ない。

半次は、蕎麦屋《そばや》の二階の小部屋を借りて居酒屋『瓢箪』を見張った。だが、出入りする客に黒木兵馬と若い侍はいなかった。

湯島天神門前町の盛り場は、寒い夜にも拘わらず酔客で賑わった。

駿河台小川町の武家屋敷街に人通りは途絶えた。

半兵衛と鶴次郎は、早川屋敷を見張り続けた。

「山岸一之進《やまぎしいちのしん》か……」

半兵衛は眉をひそめた。

「ええ。早川屋敷に古くから奉公している下男の父っつあんに訊いたんですが、黒木兵馬さんが一番親しくしていた家来は、山岸一之進って奴だそうです」

鶴次郎は告げた。

「その山岸一之進だろうな。昨夜、黒木兵馬と逢っていたのは……」

半兵衛は睨んだ。

「きっと……」

鶴次郎は頷いた。

黒木兵馬は、おそらく山岸一之進から早川家の様子を聞き出しているのだ。

半兵衛は、黒木兵馬の動きを読んだ。

夜風が唸《うな》った。

「旦那、ちょいと温まって来て下さい」

鶴次郎は、酒を飲む手つきをして見せた。

「ありがたいが、そうもいかないようだ」

半兵衛は苦笑を過ぎらせ、早川屋敷の裏門に続く路地を見据えた。

路地の闇が揺れ、人影が出て来た。

鶴次郎は、人影が誰か見定めようとした。

人影は黒木兵馬と逢っていた若い家来であり、山岸一之進と思われた。

「旦那……」

鶴次郎は、僅《わず》かに声を弾ませた。

「うん。山岸一之進か……」

半兵衛は、山岸一之進を見つめた。

山岸一之進は、早川屋敷を裏門から抜け出し、夜の坂道を足早に下り始めた。

鶴次郎は、山岸一之進を尾行《つけ》ようとした。

半兵衛は制した。

鶴次郎は戸惑った。

二人の家来が路地から現れ、山岸一之進を追った。

「旦那……」

鶴次郎は眉をひそめた。

半兵衛は苦笑した。

二

夜の坂道は、月明かりに蒼白く輝いていた。

山岸一之進は、足早に坂道を下って神田川に向かっていた。

二人の家来は、山岸一之進を尾行した。

「どう云う事ですかね」

鶴次郎は戸惑った。

尾行るのも尾行られるのも早川家の家来なのだ。

「うん……」

半兵衛と鶴次郎は、山岸一之進を尾行る二人の家来を暗がり伝いに追った。

早川家の二人の家来が、同じ家中の山岸一之進を尾行する。その理由は、山岸一之進が黒木兵馬と親しいからなのかもしれない。そうだとしたなら、二人の家来は山岸を通して黒木兵馬を探ろうとしているのだ。

山岸は、神田川に架かる水道橋を渡った。そして、神田川沿いの道を湯島聖堂に向かって下った。

二人の家来は追った。

半兵衛と鶴次郎は続いた。

二人の家来は、何故に黒木兵馬を探ろうとしているのだ。

半兵衛は思いを巡らせた。

黒木兵馬を探ろうとしているのは、二人の家来ではないのだ。

半兵衛は気付いた。

二人の家来は、何者かの指示で黒木兵馬を探ろうとしているのかもしれない。

山岸は、神田川沿いの道から本郷《ほんごう》の武家屋敷街に入った。

二人の家来は尾行を続けた。

「旦那、瓢箪かもしれませんね」

鶴次郎は、山岸の行き先を読んだ。

「うん……」

半兵衛は、微かな困惑を覚えた。

このまま二人の家来の尾行を許して良いのか……。

半兵衛は迷った。

山岸一之進は、武家屋敷街から本郷の通りを横切り、町方の地に進んだ。

湯島天神門前町は近い……。

「やっぱり瓢箪ですぜ」

「うん……」

半兵衛は、鶴次郎の睨みに頷いた。

「どうします」

鶴次郎は半兵衛を窺《うかが》った。

半兵衛は決めた。

「よし。このまま様子を見よう」

「はい……」

半兵衛と鶴次郎は、山岸一之進と二人の家来を追った。

山岸一之進は、湯島天神門前町の盛り場に入った。

酒に酔った男と女の笑い声が聞こえ、酒の臭いが微かに漂った。

居酒屋『瓢箪』は賑わっていた。

半次は、蕎麦屋の二階から見張り続けた。

今の処、黒木兵馬は現れていない。

四半刻（三十分）が過ぎた。

着流しの侍が、行き交う酔客の中に現れた。

半次は眼を凝《こ》らした。

着流しの侍は総髪で痩せていた。

黒木兵馬さん……。

半次は見定めた。

黒木兵馬が、居酒屋『瓢箪』に来たのだ。

半次は、黒木を見守った。

暫《しばら》く振《ぶ》りに見た黒木兵馬は、擦《す》れ違《ちが》う者たちが恐ろしげに眼を逸《そ》らす程、荒《すさ》んだ様子だった。

黒木兵馬は、居酒屋『瓢箪』の前に佇《たたず》んで店の様子を窺った。

『瓢簞』からは、酔客とおこんたち酌婦の賑やかな笑い声があがった。

黒木は、薄い笑みを浮かべて『瓢簞』の表の見える路地の暗がりに入った。

どうした……。

半次は、『瓢簞』に入らず路地の暗がりに潜んだ黒木に戸惑った。

黒木は、路地の暗がりから行き交う酔客を眺めた。

誰かが来るのを待っている……。

半次はそう睨み、行き交う酔客を見渡した。だが、昨夜逢っていた若い侍やそれらしき者はいなかった。

戌《いぬ》の刻五つ（午後八時）の鐘の音が、上野寛永寺《うえのかんえいじ》から響いた。

黒木は、路地の暗がりから居酒屋『瓢簞』を見張った。

戌の刻五つ、黒木は居酒屋『瓢簞』で誰かと落ち合う手筈《てはず》だ……。

半次は読んだ。

黒木は、やって来る者を見ながら路地の暗がりに身を隠した。

半次は、黒木の視線の先を見た。

若い侍が酔客の中をやって来た。

半次は、黒木と若い侍を見比べた。

黒木は、若い侍を見つめていた。
間違いない……。
黒木は、戌の刻五つに居酒屋『瓢箪』で若い侍と逢う手筈だったのだ。
若い侍は、黒木に気付かずに『瓢箪』に入った。
「いらっしゃいませ」
若い侍を迎えるおこんたち酌婦の声が、賑やかに響いた。
黒木は、若い侍が『瓢箪』に入ってからも動かなかった。
どうした……。
半次は戸惑った。
二人の武士が現れ、居酒屋『瓢箪』の前に佇んだ。
黒木は路地の暗がりに潜み、厳しい面持ちで二人の武士を見据えた。
二人の武士は、若い侍を追って来た……。
半次は気付いた。
そして、黒木は若い侍を尾行する者を警戒し、見定めようとしていたのだ。
半次は、黒木の慎重さと油断のなさを知った。
二人の武士は、『瓢箪』を窺っていた。

黒木は、薄笑いを浮かべて見守った。

半次は、行き交う酔客の中に半兵衛と鶴次郎の姿を見つけた。

半兵衛の旦那、鶴次郎……。

半次は、蕎麦屋の二階から駆け降りた。


半兵衛と鶴次郎は、『瓢箪』の様子を窺っている二人の家来を見守った。

「旦那、鶴次郎……」

半次が、半兵衛と鶴次郎の背後から現れた。

「半次か……」

「黒木兵馬さんが、瓢箪の向こうの路地に潜んでいます」

半次は告げた。

「黒木兵馬さんが……」

半兵衛は眉をひそめた。

「はい」

「よし。鶴次郎、瓢箪を頼む。私は半次と黒木さんを追ってみる」

「承知……」

鶴次郎は頷いた。

「じゃあ半次……」

「はい……」

半兵衛は、半次に誘われて黒木兵馬の潜む路地に急いだ。

二人の家来は、居酒屋『瓢箪』を見張り始めた。


山岸の奴、付き馬を連れて来たか……。

黒木兵馬は嘲《あざけ》りを浮かべた。

山岸一之進を追って来たのは、早川家用人加藤貢之助《かとうこうのすけ》の腰巾着《こしぎんちゃく》の目黒《めぐろ》と金丸《かなまる》だった。

用人の加藤は、俺が江戸に戻っているのかどうか突き止めようとしている……。

黒木は、嘲りを浮かべて路地の暗がりを出て、来た道を戻り始めた。

半兵衛と半次は、行き交う酔客に紛《まぎ》れて追った。

酔客の哄笑《こうしょう》と酌婦の嬌声《きょうせい》が、盛り場に賑やかに響き渡った。

黒木兵馬は、明神下《みようじんした》の通りに出て神田川に向かった。

半兵衛と半次は追った。

このまま神田川に進めば昌平橋に出る。

「半次、舟だ」

半兵衛は不意に告げた。

「舟……」

半次は戸惑った。

「昨夜、黒木さんは昌平橋の船着場から猪牙舟を使った……」

「承知、じゃあ……」

半次は、半兵衛の言葉を遮るように頷き、裏通りに駆け込んで行った。

半兵衛は黒木を追った。

黒木は、時々歩調を変えた。それは、尾行を警戒しての事だった。

半兵衛は、慎重に尾行を続けた。

神田川に架かる昌平橋に人通りはなかった。

昌平橋の下の船着場には、係留《けいりゆう》された猪牙舟が流れに揺れていた。

黒木は、昌平橋の袂《たもと》で不意に振り向いた。

半兵衛に身を隠す暇はなかった。

「やあ。やはり黒木兵馬さんか……」

半兵衛は、咄嗟《とっさ》に先手を打った。

「おぬし……」

黒木は、戸惑った様子で半兵衛を誰何《すいか》した。

「お忘れですか……」

半兵衛は、月明かりに己の顔を晒《さら》した。

「白縫半兵衛さん……」

黒木は、半兵衛に気が付いた。

「覚えていてくれましたか……」

半兵衛は微笑《ほほえ》んだ。

黒木は、岳父の松宮清蔵を闇討ちした浪人佐藤涼一郎を追った北町奉行所の臨時廻り同心を覚えていた。

「忘れはしませんよ」

黒木は笑った。その眼に懐かしさが微かに過ぎった。

「達者でしたか……」

「ええ。どうにか……」

「で、仇討ちは……」

「白縫さん、いろいろありましてね」

黒木は笑みを消した。

「いろいろ……」

半兵衛は、さりげなく話の先を促《うなが》した。

「妻の佐知が死に、義弟の清之助も去年の春、旅の途中、病で死にましてね」

黒木は、暗い荒んだ眼差しで神田川の流れを見つめた。

櫓《ろ》の軋みが響いた。

船行燈《ふなあんどん》の明かりが、左右に揺れながら遡《さかのぼ》って来た。

「御新造と義弟《おとうと》御《ご》が……」

半兵衛は、黒木の義弟松宮清之助の死を知った。

船行燈を灯した猪牙舟が、船着場の脇を通り過ぎて行った。

「左様《さよう》。そして、私は仇の佐藤涼一郎を見つけて討ち果たす事も叶わず、生き恥を曝《さら》して江戸に帰って来たのです」

黒木は己を嘲笑《あざわら》った。

「生き恥……」

半兵衛は眉をひそめた。

「ええ……」

黒木は、自嘲の笑みの中に微かな不敵さを過ぎらせた。

別人のようだ……。

半兵衛は、黒木兵馬が以前と変わったのを知った。

「黒木さん……」

「白縫さん、今夜はこれで失礼します。また逢う事もあるでしょう」

黒木は、半兵衛に目礼して昌平橋の船着場に降りて行った。

半兵衛は見送った。

黒木は、待たせてあった猪牙舟に乗った。

船頭は、黒木を乗せた猪牙舟の舳先《へさき》を両国《りょうごく》に向けた。

半兵衛は、船着場に降りて見送った。

猪牙舟は、神田川の流れに乗って下って行った。

半兵衛のいる船着場に猪牙舟が滑り込んで来た。

「旦那……」

猪牙舟の舳先には半次が乗っていた。

「おう、勇次《ゆうじ》、夜分済まないね」

半兵衛は、猪牙舟を操っている船頭の勇次を労《ねぎら》った。

「いいえ。じゃあ追いますぜ」

「頼むぜ、勇次」

「合点だ」

勇次は、黒木の乗った猪牙舟を追った。

半次は、柳橋《やなぎばし》の船宿『笹舟《ささぶね》』に走り、主で岡っ引の弥平次《やへいじ》に猪牙舟を貸してくれるように頼んだ。

弥平次は頷き、船頭で手先の勇次に猪牙舟を出すように命じた。

勇次は、猪牙舟に半次を乗せて昌平橋の船着場に急いだ。

半次は、途中で黒木を乗せた舟と擦れ違った時には、半兵衛を残したまま追う覚悟を決めていた。だが、半次の覚悟は無用だった。

勇次は、猪牙舟に半兵衛と半次を乗せて両国に急いだ。

和泉橋《いずみばし》、新《あたら》シ橋《ばし》、浅草《あさくさ》御門を抜けた。残る柳橋を抜けると、神田川は大川に流れ込む。

広い大川に出られると、見つけるのは難しくなる。

勇次は焦った。

柳橋が迫った。

黒木を乗せた猪牙舟が見えた。

「追い付いたぜ、勇次……」

半次が声を弾ませた。

「はい……」

勇次は頷き、安堵《あんど》の吐息を洩《も》らした。

「助かったよ、勇次……」

半兵衛は労った。

黒木を乗せた猪牙舟は、神田川から大川に出た。

勇次は続いた。

大川には行き交う船も少なく、船行燈の明かりが寒さに震えるように揺れていた。

黒木を乗せた猪牙舟は、大川の流れを遡って浅草に向かった。

勇次の猪牙舟は、一定の距離を保って追った。

大川を吹き抜ける風は冷たく、半兵衛は思わず鼻水をすすった。

生き恥……。

半兵衛は、そう云って己を嘲笑した黒木を思い出した。

黒木の〝生き恥〟には、妻の佐知の自害が含まれている。

半兵衛の勘はそう囁いた。

岳父松宮清蔵が浪人の佐藤凉一郎に闇討ちされて以来、黒木兵馬の身には様々な事が起きた。

義弟の松宮清之助との仇討ちの旅。妻の佐知の自害。早川家からの追放……。

そして今、黒木兵馬は義弟の松宮清之助を病で亡くし、岳父の仇討本懐を遂げぬまま江戸に舞い戻って来た。

〝生き恥〟とは、岳父の仇討ち失敗を指すのか、早川家から追放された事なのか……。

いずれにしろ、妻の佐知の自害が〝生き恥〟に絡んでいるのは間違いない。そして、黒木兵馬は〝生き恥〟を雪《そそ》ごうとしているのだ。

半兵衛は睨んだ。

黒木を乗せた猪牙舟は、浅草御蔵から御厩河岸《おんまやがし》、駒形堂《こまがたどう》、吾妻橋《あづまばし》を潜って浅草を過ぎた。

「旦那……」

半次は半兵衛を呼んだ。

「どうした」

「黒木の猪牙、今戸《いまど》の方に舳先を寄せましたぜ」

「今戸か……」

隅田川《すみだがわ》の西岸は、花川戸町《はなかわどちょう》、山谷堀《さんやぼり》、今戸町、橋場町《はしばちょう》と続いている。

黒木の乗った猪牙舟は、花川戸町、山谷堀を過ぎて今戸に寄り始めていた。

勇次は慎重に追った。

黒木を乗せた猪牙舟は、今戸町を過ぎて橋場町の船着場に船縁《ふなべり》を寄せて行く。

「勇次、岸に寄せてくれ」

半次は勇次に命じた。

「合点だ」

勇次は、猪牙舟を岸辺に寄せた。

「半次、黒木さんは以前とはかなり変わった。無理は禁物だよ」

半兵衛は半次に注意した。

「はい……」

半次は頷き、近付いた岸辺に跳んだ。


橋場の船着場に降りた黒木兵馬は、橋場町の町並みを進んだ。

半次は、暗がり伝いに慎重に追った。

黒木は、橋場町を抜けて鏡《かがみ》ヶ池《いけ》の畔《ほとり》に出た。そして、池の畔にある寺の山門を潜った。

半次は山門に走り、陰に潜んで境内《けいだい》を窺った。

黒木は、本堂の裏手に廻って行った。

半次は、境内に入って本堂の暗がりに潜み、裏手を窺った。

裏庭の隅に小さな家作《かさく》があった。

家作の窓に仄《ほの》かな明かりが映えた。

おそらく黒木が火を灯したのだ。

半次は、黒木兵馬の家を突き止めた。

半次は眉をひそめた。

古い扁額《へんがく》の文字は、暗い上に擦《かす》れていて読めなかった。

「半次……」

半兵衛と勇次が駆け寄って来た。

「旦那、勇次……」

「此《こ》の寺に入ったのか……」

半兵衛は、蒼白い月明かりを浴びた寺を見上げた。

「はい。本堂の裏に家作がありましてね。そこで暮らしているようです」

半次は告げた。

「一人か……」

「黒木さんが入ってから明かりが灯されました。きっと……」

一緒に暮らしている者がいたら、家作には明かりが灯っていた筈だ。

半次は、黒木が一人暮らしだと睨んだ。

「よし。勇次、御苦労だったね。私と半次は、黒木兵馬を見張る。お前は引き取ってくれ」

「半兵衛の旦那、お手伝いするように親分に言い付けられています」

「そうか。だったら夜食と酒、それに懐炉《かいろ》と綿入《わたい》れ半纏《ばんてん》を調達して来てくれ」

半兵衛は、勇次に小判を差し出した。

「承知しました」

勇次は、半兵衛から小判を受け取り、夜の町に走り去った。

「旦那、黒木さん、何をしようってんですかね」

「おそらく、生き恥を雪ぐ気だろう」

半兵衛は吐息を洩らした。

「生き恥を雪ぐ……」

半次は眉をひそめた。

「うん。黒木兵馬、自分は生き恥を曝して生きているとね……」

半兵衛は、微かな憐れみを滲ませた。

蒼白い月明かりは冴え、寒さは益々《ますます》募《つの》った。

三

居酒屋『瓢簞』は賑わっていた。

山岸一之進は、大年増の女将に新しい酒を頼んだ。

約束の戌の刻五つはとっくに過ぎ、半刻程が過ぎていた。

黒木は来ない……。

山岸一之進は見定めた。

何かあったのかもしれない……。

山岸は、黒木の身を案じた。

子供の頃、苛《いじ》められる自分をいつも庇《かば》ってくれた黒木に同情していた。

早川家家中の者たちは、黒木を生き恥を曝す惨《みじ》めな男と囁き、笑っていた。

山岸は、黒木に見事に仇討本懐を遂げて貰いたかった。だが、黒木は早川家の様子を窃かに探ってくれと頼んで来た。そして、山岸は用人の加藤貢之助を窃かに訪ねて来る剣客風の中年浪人がいるのを知った。

「お待たせしました」

大年増の女将が、湯気の立つ熱燗《あつかん》を持って来た。

これを飲み終えたら引き上げよう……。

山岸は、熱燗を飲み始めた。


二人の家来は、居酒屋『瓢簞』を見張り続けた。

鶴次郎は、緋牡丹《ひぼたん》の絵柄の半纏《はんてん》を濃紺の裏に返して着込み、見守った。

半刻が過ぎた頃、『瓢簞』から山岸一之進が出て来た。

山岸は吐息を洩らし、湯島天神門前町の盛り場を後にした。

二人の家来は、短く言葉を交わして二手に別れた。一人は山岸を追い、残る一人は『瓢簞』の見張りに残った。『瓢簞』の見張りに残った家来は、おそらく黒木兵馬が現れるのを待つつもりなのだ。しかし、黒木が現れる筈はない。

鶴次郎は、山岸たちを追った。


山岸は、神田川に出て水道橋に向かった。

家来は尾行《つけ》た。

山岸は、家来の尾行に気付かずに進み、水道橋を渡った。

駿河台小川町の早川屋敷に戻る……。

鶴次郎は睨んだ。

山岸は、武家屋敷街の坂道を上がった。そして、坂道の上にある早川屋敷の裏門に入って行った。

尾行て来た家来は見送った。

鶴次郎は、暗がりで見守った。

「金丸……」

剣客風の中年の武士が表門の潜り戸から現れ、尾行て来た家来の名を呼んだ。

「佐藤どの……」

金丸と呼ばれた尾行て来た家来は、剣客風の中年武士に駆け寄った。

佐藤……。

鶴次郎は眉をひそめた。

「黒木は現れたのか……」

剣客風の中年武士の佐藤は尋ねた。

「いいえ……」

金丸は、首を横に振った。

「おのれ……」

「どうします」

「黒木兵馬が江戸にいるのは間違いない。何としてでも居場所を突き止めなければならぬ」

佐藤は、苛立《いらだ》ちを滲ませた。

「山岸を責めますか……」

金丸は嘲りを浮かべた。

「うむ。始末を躊躇《ためら》い、遅れを取っては早川家の一大事。一刻も早く始末しろとのお言葉だ」

「では、佐藤どの……」

「うむ……」

佐藤は、冷酷な笑みを浮かべて屋敷に戻った。

金丸が続いた。

鶴次郎は戸惑った。

剣客風の中年武士は、佐藤と云う名だった。

佐藤は、黒木兵馬の岳父松宮清蔵を闇討ちした浪人の佐藤涼一郎なのか……。

もしそうだとしたなら、どうして早川屋敷にいるのだ……。

鶴次郎の戸惑いは、疑問に変わっていった。

鏡ヶ池の傍の寺は、月明かりを受けて甍を蒼白く輝かせていた。

半兵衛は、半次や勇次と本堂の縁の下に潜んで黒木のいる家作を見張った。

家作の仄かな明かりが消え、既に四半刻が過ぎていた。

今夜はもう動かない……。

半兵衛は見定め、勇次が古着屋で買って来た褞袍《どてら》を羽織り、酒をすすって寒さを凌《しの》いだ。

「半兵衛の旦那。黒木さん、もう動かないでしょう。此処《ここ》はあっしが引き受けます。鶴次郎の方に行ってみて下さい」

「そうだな……」

半兵衛は、早川家の家来たちが山岸一之進を尾行ているのが気になっていた。

尾行が黒木兵馬の居処《いどころ》を突き止めようとしての事なら、早川家は何をしようとしているのだ。そして、それは黒木の〝生き恥〟に拘わりがあるのかもしれない。

半兵衛は気になった。

「じゃあ半次、此処を頼むよ」

「はい。勇次、旦那を猪牙でお送りしてくれ」

「合点です」

勇次は頷いた。

半兵衛は、酒を飲み干して褞袍を脱いだ。


早川屋敷の裏門が僅かに開いた。

老下男の仁助《にすけ》は、寒さに身を縮めて辺りを窺いながら出て来た。

「仁助の父っつあん、こっちだ」

鶴次郎は、暗がりから仁助を呼んだ。

仁助は、古くから早川屋敷に奉公しており、黒木と親しい家来が山岸一之進だと教えてくれた下男だった。

仁助は、鼻水をすすりながら鶴次郎のいる暗がりに入った。

「寒い夜更けに済まねえな」

鶴次郎は、仁助に素早く小粒を握らせた。

「こいつで温まってくれ」

「済まねえな。で、なんだい……」

仁助は、小粒を握り締めた。

「屋敷に佐藤って中年の侍がいるな」

「佐藤……」

仁助は白髪眉《しらがまゆ》をひそめた。

「強そうな面をした野郎だ」

「ああ。あいつなら佐藤涼一郎って剣術使いだぜ……」

「佐藤涼一郎……」

鶴次郎は思わず呟《つぶや》いた。

「ああ。用人の加藤さまの処《ところ》に出入りをしていてな。浪人の癖に偉そうな奴だぜ」

仁助は吐き棄てた。

佐藤と云う名の剣客風の中年武士は、黒木の岳父の松宮清蔵を闇討ちした佐藤涼一郎に間違いなかった。

「それで父っつあん、佐藤、今何をしているのか分かるかな」

「さあな。さっき加藤さまの腰巾着の金丸と山岸を捜していたけど……」

「山岸一之進を……」

鶴次郎は眉をひそめた。

「ああ……」

佐藤涼一郎は、金丸と云う家来と山岸一之進を捜していた。それが黒木兵馬に拘わりがあるとしたら、佐藤は山岸を厳しく責めてその居場所を吐かせようとしているのかもしれない。

「父っつあん、もう一つ頼みがある……」

鶴次郎は、仁助に小粒をもう一つ握らせた。

「なんだい……」

仁助は、白髪眉を下げて嬉しげに笑った。

昌平橋の船着場に人気《ひとけ》はなかった。

勇次は、猪牙舟の船縁を船着場に寄せた。

「御苦労だったな勇次。半次の処に戻ってくれ」

半兵衛は命じた。

「旦那、お一人で……」

勇次は眉をひそめた。

「大丈夫だ」

半兵衛は苦笑し、船着場から昌平橋の袂にあがって湯島天神門前町の盛り場に急いだ。


町木戸の閉まる亥《い》の刻四つ（午後十時）が近付き、湯島天神門前町の盛り場から酔客が帰り始めた。

居酒屋『瓢箪』の賑わいも消え始めていた。

半兵衛は、『瓢箪』の周囲に鶴次郎と早川家の家来たちを捜した。だが、鶴次郎はいなく、家来が一人だけいた。

山岸一之進は、黒木兵馬が来ないと見極めて早川屋敷に戻ったのかもしれない。そして、家来の一人が尾行し、鶴次郎も追った。

半兵衛は読んだ。

居酒屋『瓢箪』を始めとした盛り場の飲み屋は商いを続けていた。

上野寛永寺の亥の刻四つの鐘の音は、夜空に染みるように響き渡った。

囲炉裏《いろり》の火は燃え上がった。

半兵衛は、湯呑茶碗に酒を満たして鶴次郎に差し出した。

「畏《おそ》れいります。戴きます」

鶴次郎は、湯呑茶碗の酒をすすって息をついた。

半兵衛は、湯島天神門前町から八丁堀北島町の組屋敷に戻った。

鶴次郎が、組屋敷の井戸端で待っていた。

「それで、黒木兵馬さんの居処、突き止めたんですか……」

「うん。鏡ヶ池の畔にある寺の家作で暮らしていた。今、半次と勇次が見張っているよ」

半兵衛は、湯呑茶碗に満たした酒を飲んだ。

「そうですか……」

「で、鶴次郎の方はどうだった」

「そいつが、早川屋敷に佐藤涼一郎って浪人がいましてね」

「佐藤涼一郎だと……」

半兵衛は、酒の入った湯呑茶碗を置いた。

「はい。早川家用人の加藤貢之助の許に出入りしている中年の浪人です」

鶴次郎は、半兵衛を見つめて告げた。

「おそらく、黒木さんの義理の父親の松宮清蔵を闇討ちした佐藤涼一郎に違いあるまい」

半兵衛は睨んだ。

「旦那もそう思いますか……」

「うん。佐藤涼一郎が早川屋敷にいるとなると、三年前の松宮清蔵の闇討ち、只《ただ》の闇討ちじゃあないな」

半兵衛は眉をひそめた。

囲炉裏の火が爆《は》ぜ、火花が飛び散った。


鏡ヶ池の水面は朝陽に煌《きら》めいた。

半次と勇次は、鏡ヶ池の畔で焚火《たきび》をして冷えた身体を暖めた。そして、冷たくなった握り飯と酒を温めて朝飯にした。

昨夜、黒木兵馬は動かなかった。

半次と勇次は、交代で寺の納屋に潜り込んで一夜を過ごした。

半次は、寺の風雨に晒されて文字の擦れた扁額を見上げた。

扁額には『総林寺《そうりんじ》』と書かれていた。
半次と勇次は、家作にいる黒木兵馬を見張り続けた。
早川屋敷の表門が開き、用人の加藤貢之助を始めとした家来たちが並んだ。
主の図書の載った駕籠が供侍を従え、加藤たち家来に見送られて登城するのだ。
半兵衛と鶴次郎は物陰から見守った。
供侍と見送る家来たちの中に、山岸一之進はいなかった。
鶴次郎は戸惑った。
図書の乗った駕籠は、供侍を従えて坂道を下って行った。
加藤たち家来は見送り、家中での役目に就く為に屋敷内に戻って行った。
「山岸一之進、いなかったな……」
半兵衛は眉をひそめた。
「はい……」
鶴次郎は喉を鳴らした。
中間たちが表門を閉め始めた。

表門は軋みを鳴らした。

「じゃあ旦那……」

鶴次郎は、半兵衛を裏門に誘った。


裏門の表では、老下男の仁助が掃除をしていた。

「仁助の父っつあん……」

鶴次郎は、声を潜めて仁助を呼んだ。

仁助は、待ち構えていたような足取りで鶴次郎に近寄り、半兵衛に目礼した。

「山岸一之進、どうかしたのかい」

「そいつが、昨夜帰って来てからいなくなっちまった」

仁助は白髪眉をひそめた。

「いなくなった……」

鶴次郎は困惑した。

「ああ……」

仁助は頷いた。

「父っつあん、浪人の佐藤涼一郎はいるのか」

半兵衛は尋ねた。

「いえ。佐藤は早くに出掛けましたが……」

「出掛けた……」

半兵衛は、不吉な予感を覚えた。

「へい。加藤さまの腰巾着の金丸や目黒と一緒に……」

仁助は、首を捻《ひね》りながら告げた。

不吉な予感は、現実になろうとしているのかもしれない……。

半兵衛は焦りを感じた。

「父っつあん、山岸は屋敷の何処《どこ》かにいる筈だ。捜してみてくれ」

「へ、へい……」

仁助は、困惑しながら頷いた。

「鶴次郎、橋場に行くぞ」

半兵衛は、神田川への坂道を駆け降りた。

「はい……」

鶴次郎は、戸惑いながら続いた。

「旦那……」

せたんだ」

「鶴次郎。おそらく佐藤涼一郎は、山岸一之進を責めて黒木さんの居場所を吐かせたんだ」

半兵衛は己の睨みを告げた。

「じゃあ佐藤は……」

「うん。先手を打って黒木兵馬を襲い、返り討ちにしようって魂胆《こんたん》だろう」

半兵衛は、鶴次郎に睨みを話しながら己の不吉な予感を見極めようとした。

神田川は朝陽に輝き、荷船が行き交っていた。

本堂から住職の読経《どきょう》が流れ、総林寺は長閑《のどか》な朝を迎えていた。

黒木兵馬は、家作の庭で抜き打ちの一刀を放った。

刀は閃光《せんこう》となり、鋭い刃風を短く鳴らした。

半次は、思わず眼を瞠《みは》った。

「半次の親分……」

勇次は戸惑った。

「勇次、半兵衛の旦那の云う通り、下手《へた》な真似はしねえ方が良いようだ」

半次は苦笑した。

「はい……」
半次と勇次は、本堂の縁の下に潜んで黒木を見張り続けた。
黒木は刀を縦横に放った。
閃光が瞬《またた》き、刃風が鋭く鳴り続けた。
半次は、その凄まじさに身震いした。
四半刻が過ぎた。
黒木は刀を鞘《さや》に納め、井戸端で薄く滲んだ汗を拭《ぬぐ》って家作に入った。
やがて、家作から味噌汁の匂いが漂って来た。
「朝飯ですよ」
勇次は、漂って来た味噌汁の匂いを嗅《か》いだ。
「ああ……」
住職の朝のお勤めも終わり、総林寺の境内は静けさに覆われた。
数人の男の足音が本堂に近付いて来た。
半次は気付き、足音のする方を見た。
袴を着た三人の武士の足が、本堂の縁の下の向こうに見えた。
半次は見守った。

三人の武士は、本堂の陰で立ち止まった。

「半次の親分……」

勇次は眉をひそめた。

「うん。家作を窺っていやがる……」

三人の武士の足は、明らかに家作に向いていていた。

半次と勇次は、三人の武士の動きを見守った。

三人の武士は、足音を忍ばせて家作に向かった。

半次と勇次は見守った。

三人の武士の姿がようやく見えた。剣客風の武士と、山岸一之進を見張っていた早川家の二人の家来だった。

「早川家の家来だ……」

半次は、勇次に囁いた。

勇次は、三人の武士を見つめた。

「佐藤どの……」

金丸と目黒は、佐藤涼一郎の指示を仰いだ。

佐藤涼一郎は頷き、金丸と目黒を促《うなが》した。

金丸と目黒は、家作に忍び寄って縁側《えんがわ》にあがった。

刹那《せつな》、障子が内側から開け放たれた。

金丸と目黒は、思わず仰《の》け反《ぞ》った。

黒木が現れ、金丸を刀の鞘尻《さやじり》で鋭く突いて目黒を蹴り飛ばした。

金丸と目黒は、悲鳴をあげて縁側から転げ落ちた。

「死にに来たか、金丸、目黒」

黒木は、嘲笑《ひる》を浮かべた。

金丸と目黒は怯んだ。

黒木は、金丸と目黒の背後に佇む佐藤に気付いた。

「佐藤涼一郎……」

黒木は、佐藤涼一郎を厳しい眼差しで見据えた。

「ようやく、薄汚い虎の威の陰から出て来たか……」

黒木は、刀を持ち直した。

佐藤は、素早く後退して間合いを取った。

「黒木、今更松宮清蔵の仇討ちでもあるまい」

「仇討ちの前に何もかも吐いて貰う」

「何もかも……」

佐藤は眉をひそめた。

「ああ。そして、生き恥を雪ぐ……」

「生き恥……」

「ああ……」

黒木は縁側を降りた。

金丸と目黒が、黒木に斬り掛かった。

黒木は、抜き打ちの一刀を金丸に浴びせた。

金丸の刀を握る右腕が斬り飛ばされ、血を振り撒きながら宙に舞った。

金丸は右腕の肘《ひじ》から血を流し、身体の均衡を崩して倒れた。

「邪魔するな」

佐藤は、既に姿を消していた。

目黒は、黒木の凄まじさに圧倒され、恐怖に震えた。

黒木は冷笑し、刀を上段に構えた。

「た、助けてくれ……」

目黒は蹲《うずくま》り、声を嗄して激しく震えた。

「そこ迄《まで》だ。黒木さん……」

厳しい声が投げ掛けられた。

黒木は戸惑い、声のした方を見た。

半兵衛がいた。

四

「白縫さん……」

黒木は刀を引いた。

半兵衛は、倒れている金丸の様子を見て手を合わせた。

金丸は息絶えていた。

「黒木さん、これ以上は無益な殺生《せっしょう》だ」

半兵衛は、蹲って震えている目黒の刀を取り上げた。

「半次、勇次、縄を打て」

「はい」

半次と勇次が現れ、目黒に縄を打った。

「や、止めろ。俺は旗本早川家家中の者。町方にお縄にされる謂《いわ》れはない」

目黒は抗《あらが》った。

「旗本の家来でも押し込みを働けば、只《ただ》では済まない。半次、勇次、大番屋に引き立てろ」

半兵衛は命じた。

半次と勇次は、目黒を引き立てた。

「黒木さん、佐藤涼一郎は手の者が追ったが、おそらく早川屋敷に戻った筈だ」

半兵衛は、総林寺に駆け付けた時、山門から出て行く佐藤を見掛け、鶴次郎に追わせた。

黒木は、刀を鞘に納めた。

「黒木さん、どうやら山岸一之進さんは、佐藤に厳しく責められたようだ」

「山岸が……」

黒木は眉をひそめた。

「うん。そして、此処《ここ》を吐いた」

半兵衛は、自分の睨みを告げた。

「おのれ、何処迄も汚い真似を……」

黒木は、怒りを過ぎらせた。

「三年前、松宮清蔵さんを闇討ちした佐藤涼一郎が早川屋敷にいた。黒木さん、こいつは何もかも仕組まれた事なんだね」

半兵衛は、黒木を見据えた。

「白縫さん、早川図書は私の妻の佐知に懸想《けそう》し、邪魔な私を始末する為、罠を仕掛けたのです……」

「罠……」

「はい……」

早川図書は、黒木兵馬の妻佐知に懸想した。そして、用人の加藤貢之助に事の成就《じょうじゅ》を命じた。加藤は狡猾《こうかつ》な策を巡らせ、浪人の佐藤涼一郎に御家人松宮清蔵を闇討ちさせた。

黒木は、松宮清蔵闇討ちが早川と加藤の企みとは知らず、佐知の弟で十五歳の清之助の仇討ちの後見人として旅立った。

邪魔な黒木を江戸から追い払った早川図書は、家来の妻である佐知を屋敷に呼んで手籠《てご》めにした。佐知は、手籠めにされた己を恥じて自害した。

早川は怒り、黒木兵馬を早川家から放逐した。

浪人した黒木兵馬は、旅先で義弟清之助の死を看取り、江戸に戻った。

「江戸に戻った私は、山岸一之進に手伝って貰って佐知の自害の真相を探ったのです」

黒木は淡々と語った。

「そして、早川の企みを知りましたか……」

半兵衛は眉をひそめた。

「ええ。早川たちは陰で私を嘲笑い、私は生き恥を曝したのです」

黒木は、己を嘲る笑みを淋しげに浮かべた。

「で、佐藤涼一郎を捜しましたか……」

「佐藤は早川たちの企みの生き証人……」

黒木は頷いた。

「佐藤を捕らえ、早川たちの企みを暴き、生き恥を雪ぐつもりですか……」

半兵衛は睨んだ。

「白縫さん、邪魔はさせません」

黒木は、半兵衛を見据えて身構えた。

「松宮清蔵さんを闇討ちした佐藤涼一郎は浪人。我ら町奉行所の支配。捕らえるのに異存はない。そして、その後、おぬしがどうするのか、私は知らぬ……」

半兵衛は微笑んだ。

「白縫さん……」

黒木は戸惑った。

「さあて、佐藤涼一郎をどうやって早川屋敷から引っ張り出すか……」

半兵衛は、その眼を楽しげに輝かせた。

駿河台小川町の早川屋敷には、戸惑いと緊張が小波《さざなみ》のように広がった。

半兵衛は、人足を雇って金丸の死体を早川屋敷に届け、用人の加藤貢之助と逢った。

「白縫どの、此度《こたび》は御造作をお掛け致した。これは些少《さしょう》ですが……」

加藤は、懐紙《かいし》に包んだ小判を差し出した。

「これはこれは、お気遣い痛み入る……」

半兵衛は、差し出された懐紙に包まれた小判を一瞥して苦笑した。

「この一件、御公儀には呉々《くれぐれ》も内密に……」

加藤は、狡猾な笑みを浮かべた。

家来の金丸が押し込み先で斬り殺されたと公儀が知れば、早川家は家中取締《かちゅうとりしまり》不行届《ふゆきとどき》となり、図書はお役御免とされ、早川家は何らかのお咎《とが》めは免れない。

加藤はそれを恐れ、半兵衛に金を握らせて口止めしようとした。

「それですが加藤さん、三年前に御家人松宮清蔵どのを闇討ちした浪人が、御屋敷に潜んでいるとか……」

半兵衛は、薄笑いを浮かべて囁いた。

「えっ……」

加藤は、思わず怯えを滲ませた。

「浪人の名は佐藤涼一郎。ご存知ですな」

「白縫どの……」

「御目付《おめつけ》も動き始めたとか……」

半兵衛は声を潜めた。

公儀目付は、旗本を監察する役目だ。

「御目付が……」

加藤は、恐怖に衝《つ》き上《あ》げられた。

「左様。佐藤なる浪人、このまま御屋敷に置いておくと、早川家に災《わざわ》いを及ぼすのは必定《ひつじょう》。早川さまと御相談され、一刻も早く御屋敷から立ち退かせ、禍根《かこん》を断つのですな」

　半兵衛は真顔で告げた。

　陽は沈み、駿河台小川町の早川屋敷は夜の帳《とばり》に包まれた。

　燭台《しょくだい》の明かりは、早川図書と用人の加藤貢之助を仄かに照らした。

　早川は、加藤の報告を聞いて眉をひそめた。

「佐藤涼一郎か……」

「はい。御目付も動き始めたとか、早々に追い出すのが上策かと存じます」

　加藤は、半兵衛に勧められた事を己の策のように告げた。

「加藤、追い出すだけで良いのかな……」

　早川は、厳しさを過ぎらせた。

「と仰《おっしゃ》いますと……」

　加藤は戸惑った。

「佐藤涼一郎、追い出されて黙っているかな」

「えっ……」

「何をしでかすか……」

「ならば……」

加藤は、狡猾な眼で早川を窺った。

「うむ。今夜もう一度、佐藤に黒木兵馬を襲わせるのだ……」

早川は冷たく笑った。

燭台の明かりは揺れた。


早川屋敷は、半兵衛たちの監視下に置かれていた。

半兵衛は、黒木兵馬や勇次と表門を見張り、半次と鶴次郎は裏門に張り付いた。

戌の刻五つ（午後八時）が過ぎた。

表門脇の潜り戸が開き、佐藤涼一郎が早川家の家来たちを従えて出て来た。

半兵衛、黒木、勇次は見守った。

黒木と早川家の家来たちは、神田川に向かって坂道を降りた。

「勇次、後を追う。半次と鶴次郎に報せろ」

「合点です」

勇次は裏門に走った。

半兵衛と黒木は、佐藤たちを追った。

佐藤たちは坂道を降り、神田川に架かる水道橋を渡った。そして、神田川沿いの道を柳橋に向かった。

半兵衛と黒木は追った。

佐藤たちは、湯島の学問所の前に差し掛かった。

湯島の学問所の前は暗く、人通りはなかった。

刹那、佐藤と早川家の家来たちの間に刀の煌めきが走った。

「黒木さん……」

半兵衛は走った。

黒木は続いた。

佐藤涼一郎は、背中に不意の衝撃を受けて思わず仰け反った。

次の瞬間、衝撃は鋭く熱い激痛になった。

佐藤は、背後から斬られたのに気付き、振り返った。

早川家の家来が、血に濡れた刀を構え直した。

「何をする……」

佐藤は、戸惑いと激痛に塗《まみ》れながら何が起きたのか知ろうとした。

早川家の家来たちは、背中から血を流す佐藤に襲い掛かった。

「おのれ……」

佐藤は、先頭の家来を抜き打ちに斬り棄てた。家来たちは怯んだ。

「加藤の指図か……」

佐藤は、早川と加藤が己の口を封じようとしているのに気付いた。

家来たちは、黙ったまま佐藤を取り囲んで次々に斬り掛かった。

佐藤は、必死に斬り結んだ。だが、背中に深手を負った上に多勢に無勢だった。

佐藤は、苦しげに膝を突いた。

家来たちが佐藤に殺到した。

次の瞬間、半兵衛と黒木が駆け付け、家来たちを蹴散らした。

「黒木……」

早川家の家来たちは怯んだ。

「邪魔者は闇討ちで始末する。どうやらそいつが早川家の家訓のようだね」
半兵衛は、佐藤を後ろ手に庇って苦笑した。
「黙れ……」
家来たちは、半兵衛と黒木に襲い掛かった。
黒木は、刀を無造作に抜いた。
刀は閃光となり、刃風を鋭く鳴らせた。
二人の家来が、斬り結ぶ間もなく倒れた。
鮮やかな一刀だった。
家来たちは怯み、後退《あとずさ》りをした。
黒木は、切っ先から血の滴《したた》る刀を提《さ》げて残る家来たちに迫った。
家来たちは、身を翻《ひるがえ》して逃げようとした。
黒木は地を蹴り、逃げる家来たちに追い縋《すが》った。
刀が縦横に煌めいた。
家来たちが、叩き付けられたように次々と倒れた。
黒木は、息も乱さずに刀に拭いを掛けて鞘に納め、半兵衛と佐藤の許に行った。

半兵衛は、蹲《うずくま》っていた佐藤を抱き起こしていた。

佐藤は、斬られた背中から血を流し、息を荒く鳴らしていた。

「しっかりしろ」

半兵衛は、佐藤を揺り動かした。

佐藤は、苦しげに呻《うめ》いた。

黒木は、冷たい眼差しで佐藤を見据えた。

「く、黒木……」

佐藤は、震えながら黒木を見上げた。

「斬れ。松宮清蔵の仇を討つが良い……」

佐藤は、激痛に顔を歪めて声を嗄した。

黒木は、沈黙したまま佐藤を見守った。

「佐藤、三年前に松宮清蔵を闇討ちしたのは、旗本の早川図書と用人加藤貢之助に頼まれたからだな」

半兵衛は尋ねた。

「ああ。早川に頼まれ、五十両で引き受けた」

佐藤は、喉を引《ひ》き攣《つ》らせて声を嗄した。

黒木は、沈黙したまま半兵衛と佐藤の傍から離れた。

「黒木さん……」

半兵衛は焦った。だが、佐藤を残して追う訳にはいかなかった。

「半兵衛の旦那……」

半次と勇次が、駆け寄って来た。

「丁度良かった。佐藤が斬られた、勇次、医者を呼んで来てくれ」

「はい……」

勇次は駆け去った。

「旦那……」

半次は、辺りに倒れている早川家の家来たちに眉をひそめた。

「黒木さんの仕業《しわざ》だ。息のある奴は助けてやってくれ。私は黒木さんを追う」

「黒木さん……」

「うん。おそらく早川図書を斬り棄て、生き恥を雪ぐつもりだ」

半兵衛は、黒木が早川図書を斬り棄てる覚悟を決めたと睨み、早川屋敷に急いだ。

早川屋敷の静けさは続いた。

鶴次郎は、坂道を足早にあがって来る黒木兵馬に気付き、物陰の暗がりに身を隠した。

黒木は、早川屋敷の表門脇の潜り戸を叩いて傍に張り付いた。

潜り戸の覗き窓が開き、中間が覗いた。しかし、潜り戸の前には誰もいなく、中間は訝《いぶか》しげな面持ちで覗き窓を閉めた。

黒木は、潜り戸を再び叩いた。

中間は、苛立った面持ちで潜り戸を開けて外に出て来た。

刹那、黒木は中間を素早く当て落とした。

中間は、驚いた表情のまま気を失って崩れ落ちた。

黒木は、素早く屋敷内に入り、中間を引き摺《ひず》り込んで潜り戸を閉めた。

一瞬の出来事だった。

鶴次郎は、黒木の手際の良さに感心した。

「鶴次郎……」

半兵衛が駆け寄って来た。

「半兵衛の旦那……」

「黒木は来たか……」

「はい。中間を当て落として屋敷に忍び込みましたよ」

「そうか……」

半兵衛は、静かな早川屋敷を見上げた。

「どうします」

「旗本屋敷は町奉行所の支配違い。私たちにはどうにも出来ないさ」

半兵衛は、淋しげに笑った。

「旦那……」

鶴次郎は眉をひそめた。

「鶴次郎、黒木兵馬は御新造の怨《うら》みを晴らし、生き恥を雪ぐつもりだ」

半兵衛は、吐息を洩らした。

吐息は白くなって散った。


早川屋敷に入った黒木兵馬は、早川図書のいる奥御殿に向かった。

親の代から奉公していた早川家の屋敷内は、眼を瞑《つむ》っても歩ける程だ。

黒木は、侍長屋が並ぶ一角とは反対側の板塀を乗り越え、庭に侵入した。そして、庭伝いに早川図書のいる奥の御殿に進んだ。

書院や使者の間、用部屋などのある表御殿の外を抜けると、奥の御殿を囲む塀の傍に出る。

黒木は、奥の御殿を囲む塀の木戸を潜って奥庭に忍び込んだ。

奥庭の向こうには障子が連なり、明かりの灯されている座敷があった。

近習《きんじゅ》が、酒を持って廊下を来た。

黒木は、植込みの陰から見守った。

近習は、明かりの灯されている座敷の前に控え、声を掛けて障子を開けた。

座敷の中に、酒を飲んでいる早川図書と用人の加藤貢之助の姿が見えた。

早川、加藤……。

黒木は、刀を握り締めた。

近習は、新しい酒を置き、障子を閉めて下がって行った。

座敷には、早川と加藤の二人だけだった。

佐知……。

佐知の笑顔が、黒木の脳裏に浮かんだ。

「佐知……」

黒木は呟き、植込みの陰から立ち上がった。

燭台の明かりは風に揺れた。

早川と加藤は、思わず障子を見た。

障子に黒木の影が映った。

「加藤……」

早川は眉をひそめた。

「だ、誰だ……」

加藤は声を強張《こわば》らせた。

返事はなかった。

加藤は、刀を手にして叫んだ。

「曲者《くせもの》だ。出逢え、出逢え」

刹那、障子を蹴破って現れた黒木が、加藤を真《ま》っ向《こう》に斬り下げた。

閃光が加藤を両断した。

加藤は、呆然《ぼうぜん》と立ち尽くした。そして、額から血を噴き上げて仰向《あおむ》けに倒れた。

早川は、思わず悲鳴をあげた。
黒木は振り向き、早川を冷たく見据えた。
「く、黒木、無礼な真似をするな」
早川は恐怖に震えた。
黒木は冷笑を浮かべた。
家来たちが駆け付けて来た。
早川は、身を翻して逃げ出そうとした。
黒木は、早川の背に袈裟懸《けさが》けの一太刀を放った。
早川は、悲鳴をあげて仰け反った。
「殿……」
駆け付けた家来たちは驚いた。
「助けろ。儂《わし》を助けろ……」
早川は泣き喚《わめ》いた。
家来たちは、慌てて早川を助けようとした。
刹那、黒木は踏み込み、血に濡れた刀を横薙《よこな》ぎに鋭く一閃した。
早川の首が、音もなく斬り飛ばされた。

首は血を振り撒いて天井に飛び、畳に落ちて弾んで転がった。

見事な一刀だった。

家来たちは呆然と立ち尽くした。

早川の首の無い死体は、転がっている己の首に被さるように倒れ込んだ。

家来たちは我に返った。

「おのれ、黒木」

「斬れ。黒木を斬り棄てろ」

家来たちは、怒号《どごう》をあげて黒木に殺到した。

黒木は、冷笑を浮かべて血に塗れた刀を振るった。

男たちの怒号と闘う物音が、早川屋敷からあがった。

「半兵衛の旦那……」

鶴次郎は、緊張を過ぎらせた。

「うん……」

半兵衛は、哀しげに早川屋敷を見つめた。

黒木は、殺到する家来たちを斬り棄てながら屋敷の表門に向かった。

次々と襲い掛かる家来たちの刀は、黒木の全身を斬り裂いた。

黒木は、血に塗れながら表門に僅かずつ近付いた。

家来たちは、眼を血走らせて黒木に斬り付けた。

黒木の刀は刃毀《はこぼ》れし、血に塗れて斬れ味を失った。

家来たちに容赦はなかった。

黒木は斬られた。だが、立ち塞がる家来たちを血塗れの刀で殴り、突き刺し、修羅《しゅら》の如くに闘った。


怒号と斬り合う音が、表門に近付いて来た。

「旦那……」

鶴次郎は、緊張を滲ませて身構えた。

「鶴次郎、黒木さんが出て来たら連れて逃げろ。家来は私が食い止める」

「承知……」

鶴次郎は、生唾を飲み込んで頷いた。

表門脇の潜り戸が開き、血塗れの黒木が転がり出て来た。

半兵衛は、開いた潜り戸に体当たりして素早く閉めた。
「黒木さん……」
黒木は、倒れたまま半兵衛に微かに笑い掛けた。
黒木は生き恥を雪いだ……。
半兵衛は、黒木が早川図書を討ち果たしたのを知った。
「鶴次郎……」
半兵衛は促した。
鶴次郎は、倒れている黒木を担ぎ上げて走った。
家来たちは、半兵衛が押さえる潜り戸を開けようと内側から押した。
半兵衛は、潜り戸を懸命に押さえた。
鶴次郎は、黒木を担いで夜の闇に走り去った。
半兵衛は見定め、潜り戸から飛び退いた。
潜り戸が開き、家来たちが転がるように出て来た。
利那、半兵衛は抜き打ちの一刀を放った。
先頭にいた家来は、大きく仰け反って潜り戸の内側に倒れ込んだ。
半兵衛は、刀を鞘に納めた。

家来たちが現れ、半兵衛と対峙《たいじ》した。

「おのれ、不浄役人の分際で邪魔するか」

家来たちは激昂《げきこう》した。

「その不浄役人が、旗本早川家の主の図書さまが元家臣に怨まれ、斬り棄てられたと評定所《ひょうじょうしょ》に届けたらどうなるかご存知かな」

半兵衛は、家来たちを厳しく見据えた。

家来たちは思わず怯んだ。

「そして、どうして怨みを買ったのかを知れば、旗本早川家のお取り潰しは必定。それでも良いのかな」

家来たちは言葉を失い、激しく狼狽《ろうばい》した。

「早々に後始末をし、神妙に御公儀の沙汰《さた》を待つのですな」

半兵衛は静かに告げた。

半兵衛は、坂道を下って神田川に向かった。

「半兵衛の旦那……」

神田川に架かる水道橋の袂から半兵衛を呼ぶ声がした。

鶴次郎の声だった。

「鶴次郎か……」

「はい……」

半兵衛は、鶴次郎の声のした水道橋の袂の暗がりに寄った。

黒木が、水道橋の欄干《らんかん》に寄り掛かるように座って絶命していた。

「駄目だったか……」

半兵衛は眉をひそめた。

「はい……」

鶴次郎は、口惜しげに頷いた。

「何か云い残した事は……」

「何も……」

「そうか……」

半兵衛は、黒木兵馬の顔を覗いた。

黒木兵馬は満足げに微笑み、穏やかな死に顔をしていた。

「これで良かったのか、黒木さん……」

半兵衛は呟いた。

黒木兵馬は、妻の佐知の怨みを晴らし、生き恥を雪いで逝《い》った。

旗本早川家は、当主図書の死を病による急死と公儀に届け、幼い嫡男の家督相続願いを出した。だが、公儀は早川家の惨劇の噂を知っており、家督相続願いを中々聞き届けなかった。

佐藤涼一郎は、辛うじて命を取り留めた。

半兵衛は、傷の癒えた佐藤を取り調べた。佐藤は、旗本早川図書が我欲を満たす為、御家人松宮清蔵の闇討ちを頼んで来たと供述し、口書《くちがき》に爪印《つめいん》を押した。

半兵衛は、佐藤の口書を吟味方《ぎんみかた》与力の大久保忠左衛門《おおくぼちゆうざえもん》に差し出した。

佐藤涼一郎の口書は、早川図書の悪辣《あくらつ》さが家来だった黒木兵馬の怨みを招いた動かぬ証となった。

旗本早川家は、幼い嫡男の家督相続を認められた。しかし、家禄は大幅に減封《げんぷう》された。

住職の読経は響いていた。

半兵衛は、黒木兵馬の遺体を妻の佐知の墓に葬り、住職の背後で手を合わせた。

半次と鶴次郎は見守った。

「半兵衛の旦那、今度ばかりは知らん顔をしなかったか……」

「そいつは違うぜ、半次。半兵衛の旦那、黒木さんが早川屋敷に斬り込むのを止めず、知らん顔をしたんだ」

「斬り込みを知らん顔……」

半次は眉をひそめた。

「ああ。生き証人の佐藤凉一郎を捕らえた限り、早川図書の悪事は露見したも同じ、公儀も黙っちゃあいねえ。だが、旦那は黒木さんの斬り込みを知らん顔をした」

鶴次郎は事態を読んだ。

「黒木さんに生き恥を雪がせたか……」

半次は、半兵衛の気持ちを知った。

「ああ。きっとな……」

「知らん顔の半兵衛さんか……」

半次と鶴次郎は、半兵衛を見つめた。

住職の読経は続いた。
半兵衛は、黒木兵馬の墓に静かに手を合わせていた。
粉雪が音もなく舞い始めた。

第二話　忘れ雪

一

冬の寒さは峠を越し、梅の花が綻《ほころ》び始める季節になった。

半兵衛は、縁側の日溜《ひだま》りに座り、廻り髪結の房吉の日髪日剃《ひがみひぞり》を受けていた。

房吉は、手際良く半兵衛の髷《まげ》を結った。

半兵衛は眼を瞑《つむ》り、髪が引き締められる感触を楽しんだ。

「旦那、房吉の兄貴、お早うございます……」

岡っ引の本湊の半次が、木戸から庭先に入って来た。

「やあ、お早う……」

半兵衛と房吉は、半次と朝の挨拶《あいさつ》を交わした。

「さあ。入りな」

半次は、木戸の向こうに声を掛けた。

六歳程のちゃんちゃんこを着た男の子が、警戒するような面持ちで木戸から庭先に入って来た。

半兵衛と房吉は戸惑った。

「良吉《りょうきち》、こちらが白縫半兵衛さまだ」

半次は、男の子に半兵衛を引き合わせた。

良吉と呼ばれた男の子は、髷を結って貰っている半兵衛を見上げた。

「半次……」

半兵衛は困惑した。

「白縫半兵衛さまの御屋敷を探しているのに逢いましてね。良吉って名前だそうです」

半次は告げた。

「良吉か……」

半兵衛は、己の知る子供に良吉と云う名を捜した。だが、思い当たる子供はいなかった。

「ご存知ですか……」

半次は眉をひそめた。

「いいや……」

半兵衛は、良吉の顔を見ながら首を捻《ひね》った。

良吉は、怒ったような眼差しで半兵衛を見返した。

「良吉、私が白縫半兵衛だが、何か用かな」

半兵衛は、良吉に笑い掛けた。

「おっ母ちゃんが、半兵衛の旦那の処《ところ》に行けって……」

良吉は、頬を膨らませた。

「おっ母ちゃんが……」

「うん」

良吉は頷いた。

「良吉、おっ母ちゃん、何て名前だ」

「おりん……」

「お、おりん……」

半兵衛は眉をひそめた。

「ご存知ですか……」

半次は、半兵衛を窺った。

「いや。何処《どこ》かで聞いた名前のようだが……」

半兵衛は首を傾《かし》げた。

「じゃあ良吉、おっ母ちゃん、半兵衛の旦那の処に行って、どうしろと云ったんだい」

半次は、良吉に尋ねた。

「知らない……」

良吉は、困ったように俯《うつむ》いた。

「そうか、知らないか……」

半兵衛は、吐息を洩らした。

「旦那……」

房吉は、日髪日剃が終わった事を告げた。

良吉の腹の虫が鳴いた。

「良吉、腹減っているのか……」

「うん……」

良吉は、俯いたまま頷いた。

「よし。じゃあ、朝飯を作って食べよう」

半兵衛は微笑んだ。

炊《た》きたての飯は湯気をあげ、豆腐の味噌汁は美味《うま》そうな香りを漂わせた。

半兵衛、房吉、半次は、良吉と共に囲炉裏端で朝飯を食べ始めた。

良吉は、飯を勢い良く食べてお代わりをした。

「良吉。美味いか……」

半兵衛は笑い掛けた。

「うん」

良吉は、嬉しげに頷いた。

「旦那。飯、満足に食っていなかったようですね……」

房吉は良吉を見て眉をひそめ、半兵衛に囁いた。

「うん……」

半兵衛は戸惑った。

「良吉……」

房吉は不意に緊張を過《よ》ぎらせ、良吉を立たせて着物の裾を捲《まく》った。

良吉の太股に青痣《あおあざ》があった。

半兵衛、房吉、半次は、思わず顔を見合わせた。

「良吉、ちょっと寒いが我慢しな」

房吉と半次は、良吉のちゃんちゃんこと着物を脱がせた。

良吉の小さな身体の脇腹、背中、二の腕などに青痣が幾つもあった。

半兵衛は眉をひそめた。

「旦那、こいつは……」

半次は言葉を失った。

「殴られたり、蹴られたりした痕《あと》ですぜ」

房吉は、青痣を調べた。

「うん……」

半兵衛は頷いた。

「良吉、寒かっただろう。さあ、着物を着な」

半次は、良吉に着物を着せた。

「良吉、誰に殴られたんだ」

房吉は、良吉に訊いた。

「知らない……」

良吉は、困ったように俯いて首を横に振った。

誰かを庇《かば》っている……。

半兵衛は睨んだ。

「じゃあ、家は何処かな」

「お稲荷《いなり》さんの裏の梅の木長屋……」

「梅の木長屋か……」

「稲荷堂の裏の木戸口に梅の木でもある長屋ですかね」

半次は睨んだ。

「きっとな……」

半兵衛は頷いた。

「それで良吉、梅の木長屋には、お父っちゃんやおっ母ちゃんと住んでいるのかな」

「ううん。お父っちゃんはいない……」

良吉は、口惜《くや》しげに俯いた。

「じゃあ、お父っちゃんじゃあない誰かがいるのか……」

「うん」

良吉は、微かな怯えを過ぎらせた。

「男か……」

房吉は、良吉の微かな怯えに気付いた。

「知らない……」

良吉は、俯いて小さな身体を縮めた。

おりんと良吉の母子は、父親ではない男と暮らしているのだ。そして、良吉は何故か男の存在を隠そうとしている。

半兵衛は、良吉の背後に暗い影を見た。

「旦那……」

半次は眉をひそめた。

「うん……」

良吉は、梅の木長屋で母親のおりんと男の三人で暮らしており、男に殴ったり蹴られたりしているようだった。

「それで良吉、その梅の木長屋から此処《ここ》に一人で来たのかい」

「ううん。おっ母ちゃんがそこ迄《まで》一緒に来た」

「そうか、おっ母ちゃんがな……」

半兵衛は、吐息を洩らした。

良吉は、母親のおりんによって八丁堀北島町に連れて来られていた。

「旦那、母親に棄てられたんですかね」

半次は、良吉を憐れんだ。

「それはないと思うが……」

半兵衛は、母親のおりんが良吉を棄てたとは思いたくなかった。

「旦那、母親のおりんと一緒にいる男がどんな野郎か突き止めますか……」

半次は、身を乗り出した。

「そうだな……」

「年端《としは》もいかねえ良吉に酷い真似をする奴らだ。放っちゃあ置けねえ」

房吉は、静かな怒りを滲ませた。

「房吉……」

半兵衛は、微かな戸惑いを覚えた。

房吉は、世間に対して斜《しゃ》に構え、滅多に己の感情を見せる男ではない。その房吉が、微かな怒りを滲ませた。

房吉は、良吉に己の過去の欠片《かけら》を見たのかもしれない。

「半兵衛の旦那、あっしは良吉の身体に青痣を付けた奴を捜しますぜ」

房吉は、暗い眼で半兵衛に告げた。

「しかし、梅の木長屋をどうやって見つける」

「なあに、江戸中の稲荷堂の周りを調べてやりますよ」

房吉は不敵に笑った。

「今の処、それしかないだろうな……」

半兵衛は苦笑した。

「半次、良吉の母親のおりんは、どうやら私を知っているようだ。ちょいと調べてみるよ」

半兵衛にとって事件は毎日であり、出逢う人も多くて忘れてしまう事も多い。だが、普通の人にしてみれば、町奉行所の同心と出逢う事など滅多になく、中々忘れられるものではない。

良吉の母親のおりんは、半兵衛が今迄に扱った事件の中にいる……。

半兵衛は睨んだ。

「それで良吉、お前、歳は幾つかな」

半兵衛は尋ねた。

「六歳だよ」

「そうか、六歳か……」

「おっ母ちゃんは幾つか、分かるか」

「分からない」

良吉は、首を横に振った。

「じゃあ、いつもは何をしているんだ」

「喜楽《きらく》に行っているよ」

「喜楽……」

「うん」

良吉は頷いた。

「良吉、喜楽ってのは料理屋かな」

「知らない……」

「旦那……」

「うん。房吉、おりんはきっと喜楽って料理屋の通いの仲居《なかい》でもしているんだろう」

半兵衛は読んだ。

「分かりました。じゃあ……」

房吉は、鬢盥《びんだらい》を持って半兵衛の組屋敷を後にした。

「じゃあ旦那、あっしは……」

半次は身を乗り出した。

「半次、お前は小石川《こいしかわ》の養生所《ようじょうしょ》に良吉を連れて行き、青痣の様子と他に怪我をしていないか、大木俊道《おおきしゅんどう》先生に詳しく診《み》て貰うんだ」

「承知しました」

半次は頷いた。

半兵衛は、着替えて出掛ける仕度を始めた。

「半次、途中、何でもいい。出来るだけ話を聞き出してくれ」

半兵衛は、囲炉裏に粗朶《そだ》を焼《く》べている良吉を示した。

「はい……」

半次は頷いた。

半兵衛は、半次と良吉を残して八丁堀北島町の組屋敷を出た。

組屋敷を出た半兵衛は、楓川に架かる海賊橋に向かった。

海賊橋を渡り、日本橋の高札場《こうさつば》の傍を抜けて外濠に出ると呉服橋御門がある。

北町奉行所は、呉服橋御門を渡った御曲輪内《おくるわない》にある。

半兵衛は、寒そうに身を縮めて海賊橋に急いだ。

路地から若い女が現れ、足早に出掛けて行く半兵衛を見送った。

「白縫の旦那……」

若い女は呟《つぶや》き、半兵衛の後ろ姿に手を合わせた。

「半兵衛どのに御用ですか……」

若い女は、背後からの声に驚いたように振り返った。

隣の神代《かみしろ》家の組屋敷の前に、新吾《しんご》の母親の菊枝《きくえ》が竹箒を手にし、怪訝《けげん》な面持ちで佇んでいた。

「いえ、別に……」

若い女は、慌ててその場から離れた。

菊枝は、眉をひそめて見送った。

北町奉行所同心詰所は、同心たちも出払って閑散《かんさん》としていた。

半兵衛は、出涸《でが》らし茶をすすりながら今迄《いままで》に扱った事件の覚書を調べた。だが今の処、覚書におりんと云う名の女は現れなかった。

半兵衛は、底冷えのする同心詰所で覚書を調べ続けた。


稲荷堂は、江戸の町に数え切れない程にある。

尋ね歩くには多すぎる……。

房吉は、探索の遣り方を考えた。

良吉の母親おりんは、『喜楽』と云う料理屋の通いの仲居をしている。

料理屋『喜楽』……。

房吉は、『喜楽』から調べる手立てを考えた。だが、『喜楽』と云う屋号の料理屋が何軒あるかは分からない。

それでも稲荷堂よりは少ない筈だ……。

房吉は、料理屋『喜楽』からおりんを辿《たど》る事に決めた。

『喜楽』が名のある料理屋なら、料理屋番付に載っているかもしれない。

房吉は、番付の版元である地本問屋《じほんどんや》『鶴亀《つるかめ》』に急いだ。

小石川養生所は通いの患者で賑わっていた。

半次は、外科医の大木俊道の診察室に良吉を伴った。

「酷いな……」

大木俊道は、良吉の青痣に眉をひそめた。

「はい……」

半次は心配げに頷いた。

「青痣、どれも殴ったり蹴ったりされた痣だが、古いのや新しいのやいろいろだな」

大木俊道は、良吉の小さな身体の隅々まで念入りに調べた。

「青痣の他に怪我はしていませんか……」

「うん。そいつはどうやら大丈夫のようだ」

大木俊道は見立てた。

「そいつは良かった……」

半次は喜んだ。

「それにしても半次、痣の古さなどから見ると、随分昔から殴られていたようだな」

「そうですか……」

半次は、湧き上がる怒りを懸命に押し殺した。

「ああ。このまま放って置けば、良吉は殺されたかもしれないよ」

「やっぱり……」

「半次、幼い良吉をこんな目に遭わせた奴は、さっさとお縄にするんだな」

大木俊道は怒りを滲ませた。

「そいつはもう、仰る迄もなく」

半次は頷いた。


日本橋箔屋町《はくやちょう》の地本問屋『鶴亀』は、錦絵《にしきえ》や絵草紙《えぞうし》を買いに来た小売屋や客で賑わっていた。

房吉は『鶴亀』を訪れ、料理屋番付を買い求めた。

『喜楽』と云う屋号の料理屋は、料理番付の上位と下位に二軒あった。上位の『喜楽』は下谷広小路《したやひろこうじ》にあり、下位の『喜楽』は浅草花川戸にあった。

房吉は、番頭に番付に載っていない『喜楽』はないのか尋ねた。

「そりゃありますよ」

番頭は苦笑した。

「あるのかい……」

房吉は戸惑った。

「親方、ここだけの話ですがね。番付に載っているのは、それなりに金を出した店だけなんですよ」

番頭は、薄笑いを浮かべて囁いた。

「金を出した店だけ……」

「ええ。番付に載りゃあ格もあがって客も増えますからね」

「じゃあ、番付の順は、出した金額で決まるのかい」

「ま、そんな処ですか……」

「成《な》る程《ほど》な……」

房吉は感心した。

「親方、御用ってのはそれだけですか……」

「いや。番頭さん。番付に載っていない喜楽って屋号の料理屋、何処《どこ》にあるのか教えちゃあくれないかな」

房吉は頼んだ。

同心詰所の底冷えは続いた。

半兵衛は、此処十年の間に扱った主な事件の覚書に眼を通した。だが、覚書にはおりんと云う名の女は一度も現れなかった。

半兵衛は、冷え切った出涸らし茶をすすった。

おりんは、事件に拘《かか》わってはいなく、周辺にいたのかもしれない。それとも、事件ではない事で知り合った可能性もある。

事件絡みで知り合ったと考えたのは、間違いだったのかもしれない。

半兵衛は、己の周囲におりんを捜した。

八丁堀北島町の組屋敷から呉服橋御門内の北町奉行所迄の道、一石橋《いちこくばし》の袂の蕎麦屋、鎌倉河岸《かまくらがし》のお夕《ゆう》の店……。

半兵衛は、自分が日頃訪れる処を思い浮かべた。だが、それらの場所にもおりんと云う名の女は浮かばなかった。

同心詰所の底冷えは募《つの》り、半兵衛は思わず身震いをした。


下谷広小路は賑わっていた。

房吉は、料理屋番付上位の料理屋『喜楽』を訪れた。

料理屋『喜楽』は、不忍池《しのばずのいけ》近くの上野元黒門町《うえのもとくろもんちょう》にあった。

房吉は、料理屋『喜楽』の様子を窺った。

料理屋『喜楽』は、昼飯の客で賑わい繁盛していた。

房吉は、昼飯客の出入りが落ち着いたのを見計らって、料理屋『喜楽』の下足番の老爺《ろうや》に尋ねた。

「おりん……」

下足番の老爺は、白髪眉《しらがまゆ》をひそめた。

「ああ。通い奉公している仲居か台所女中にいないかな」

「さあ、いねえなあ、おりんなんて女は……」

「本当だな。父っつあん……」

房吉は、底光りのする眼で下足番の老爺を見据えた。

「ああ。本当だよ……」

下足番の老爺は、微かな怯えを過ぎらせた。

嘘はない……。

房吉は見定めた。

料理屋『喜楽』は、料理屋番付に記された下谷と浅草の他に三軒あった。

他の三軒の料理屋『喜楽』は、深川《ふかがわ》、山谷《さんや》、松坂町《まつざかちょう》にあった。

房吉は、浅草の料理屋『喜楽』に急いだ。

二

湯島天神の梅の花は綻び始めていた。

半次は、小石川養生所の帰り、良吉を連れて湯島天神境内の茶店に寄った。そして、良吉に団子《だんご》を食べさせ、茶を飲んだ。

「どうだ良吉。団子は美味いか」

「うん」

良吉は、団子を頬張《ほおば》り嬉しげに頷いた。

「良吉の住んでいる梅の木長屋の梅も咲き始めたかな」

半次は、境内の梅の木を眺めながら訊いた。

「うん。白い花と赤い花が咲くんだよ」

「へえ。白い花と赤い花か……」

梅の木長屋には、紅梅と白梅の二本の木があるのだ。

「で、良吉はいつも何処で遊んでいたんだ」

「お稲荷さんやお寺だよ」

梅の木長屋の近くには寺もある……。

半次は知った。

「何て名前の寺かな……」

「知らない」

「そうか……」

「おいら、本当は掘割《ほりわり》で遊びたいんだ。でも、おっ母ちゃん、危ないから駄目だって……」

「そうだぞ、良吉。掘割に落ちると溺れて死んじまうからな」

梅の木長屋の近くには、寺の他に掘割もあるのだ。

「良吉、他にどんな処で遊んでいるのかな」

半次は、周りにある物から梅の木長屋の場所を割り出そうとした。

湯島天神の境内は、行き交う参拝客で賑わった。

同心詰所より外の方が温かかった。

半兵衛は、おりんを思い出せぬまま同心詰所を出て大きく背伸びをした。

「半兵衛の旦那……」

鶴次郎が駆け寄って来た。

「遅くなりました」

「丁度良かった。蕎麦をやりに行こう」

「はい。お供します。で、半次は……」

「うん。実はな……」

半兵衛は、鶴次郎に良吉の事を話しながら一石橋の袂にある蕎麦屋に向かった。

北町奉行所を出て呉服橋御門を渡り、外濠沿いに北に進むと一石橋だ。

一石橋は、外濠に繫がる日本橋川に架かっていた。

半兵衛が一石橋に差し掛かった時、日本橋川沿いの北鞘町《きたさやちょう》の路地に中年男が若い男女に突き飛ばされて行くのが見えた。

「旦那……」

鶴次郎は眉をひそめた。

「うん……」

半兵衛は、厳しさを過ぎらせた。

お店《たな》の旦那風の中年男は、二人の若い男に板塀に突き飛ばされた。

「ま、待ってくれ。私はあの娘に誘われただけだ」

中年男は哀願した。

「私が誘ったぁ……」

背後にいた若い女は、凄味を利かせた声で中年男を睨み付けた。

「ああ。お前さんが遊ぼうって……」

中年男は、怯えて声を嗄した。

「巫山戯《ふざけ》んじゃあないよ。お前が無理矢理に金を握らせて宿に連れ込もうとしたんじゃあないか」

若い女は怒鳴った。

「おっさん、俺の女に何て真似をしてくれたんだ」

若い男の一人が、中年男の頬を張り飛ばした。中年男は、短い悲鳴をあげて蹲《うずくま》った。

「おっさん、落とし前、どう着けるんだい」

「落とし前……」

「ああ、こいつを女房や世間に知られたくなきゃあ、金を出すんだな」

若い男は、蹲った中年男を脅した。

「下手な猿芝居もいい加減にするんだ」

三人の若い男と女は、声のした路地の入口を振り返った。

半兵衛と鶴次郎がいた。

「いい若い者が、昼間から美人局《つつもたせ》ってのは感心しないな」

半兵衛は苦笑した。

若い女は、慌てて二人の若い男の許に行こうとした。だが、半兵衛が素早く若い女の腕を摑んだ。

「離せ。離せよ」

若い女は抗《あらが》った。

「野郎……」

二人の若い男は、半兵衛に殴り掛かった。

半兵衛は、先頭の若い男に若い女を突き飛ばした。先頭の若い男と女は、縺《もつ》れ合って倒れ込んだ。

もう一人の若い男は怯んだ。

半兵衛は、怯んだ若い男を摑まえ、鋭い投げを打った。

若い男は、激しく地面に叩き付けられ苦しく呻《うめ》いた。

「お、お役人さま……」

中年男は、半兵衛に縋《すが》る眼差しを向けた。

「甘い話には気をつけるんだね。さあ、早く行きな」

「ありがとうございます」

中年男は声を震わせ、半兵衛に頭を下げて逃げるように立ち去った。

「さあて、もう二度と美人局なんて下手な猿芝居をしないと約束すれば、見逃してやらぬ事もないが……」

半兵衛は、苦笑しながら二人の若い男と女を見廻した。

美人局……。

半兵衛は、不意に〝美人局〟と云う言葉に衝《つ》き上げられた。

おりん……。

〝美人局〟と云う言葉は、〝おりん〟に変わった。

半兵衛は思い出した。

十年程前、半兵衛は美人局の現場に出会《でくわ》せ、若い女と男を捕らえた。

若い女は、男に脅されて無理矢理に美人局の片棒を担がされていた。

半兵衛は、若い女を憐れんで男を強請《ゆすり》の罪で伝馬町《てんまちょう》の牢屋敷に繋いだ。そして、若い女を放免し、美人局はなかった事にした。

その若い女の名がおりんだった。

おりん……。

半兵衛は、漸《ようや》く思い出した。そして、良吉の顔におりんの面影を思い出した。

放免されたおりんが、その後どうしたのか半兵衛は知らない。

知らないのは、おりんのその後だけではなく、それ以前の事も余り知らないのだ。

半兵衛は、おりんに関するどんな事でも思い出そうとした。


隅田川は滔々《とうとう》と流れ、浅草広小路は浅草寺《せんそうじ》の参拝客と見物客で賑わっていた。

浅草花川戸町は、隅田川と浅草寺の間にある。そして、料理屋『喜楽』は、その花川戸町にあった。

花川戸町の料理屋『喜楽』は、暖簾《のれん》を微風《そよかぜ》に揺らしていた。

房吉は、料理屋『喜楽』に品物を納めている米屋や酒屋の手代、出入りをしている商人たちに聞き込みを掛けた。

「通いの仲居か女中におりんって名前の女はいないか……」

しかし、米屋や酒屋の手代、出入りの商人たちに知っている者はいなかった。

おりんは、浅草の料理屋『喜楽』にはいないようだった。

料理屋番付に載っていた二軒の『喜楽』は違った。残る料理屋『喜楽』は、番付に載っていなかった山谷、深川、松坂町にある三軒だ。

山谷は花川戸町と近い。

房吉は、山谷の『喜楽』に急いだ。


江戸の町に掘割は多い。

半次は、江戸の町の絵図を広げて掘割と寺のある処を探した。

日本橋から両国に掛けては、浜町堀《はまちようぼり》や東西の堀留川《ほりどめがわ》がある。だが、稲荷堂は数多くあっても寺はない。

築地《つきじ》や鉄砲州《てつぽうず》には、西本願寺《にしほんがんじ》があるが稲荷堂は余りない。

半次は、良吉を連れて半兵衛の組屋敷に戻り、江戸の絵図を調べ続けた。

良吉は、庭先で一人で遊んでいた。

江戸の町で掘割が多いのは、やはり本所《ほんじょ》と深川だった。

本所と深川には、東西に割下水《わりげすい》、竪川《たてかわ》、小名木川《おなぎがわ》、仙台堀《せんだいぼり》などが流れ、南北には六間堀《ろっけんぼり》、横川《よこかわ》、横十間川《よこじっけんがわ》など大小様々な掘割が入り組んで流れていた。そして、寺も多く、稲荷堂もそれなりにあった。

梅の木長屋が一番ありそうな処は、本所深川なのだ。

本所深川か……。

半次は、思いを巡らせた。

良吉は、庭先で楽しげに遊んでいた。


昼下がりの蕎麦屋は、客が少なかった。

半兵衛は、鶴次郎と蕎麦を肴《さかな》に熱燗《あつかん》をすすった。

「じゃあ、良吉の母親のおりん、その時の美人局の女ですか……」

「うん。ようやく思い出したよ」

「で、それからおりんがどうしたのかは、分からないのですか……」

鶴次郎は、半兵衛の猪口《ちょこ》に酒を満たした。

「うん。どうやって捜したらいいのか……」

半兵衛は酒をすすった。

「旦那、その時の美人局の男はどうしました」

鶴次郎は、手酌で酒を飲んだ。

「強請の罪で伝馬町に入れてね。敲《たた》きの刑で放免され、確か今は谷中《やなか》の賭場《とば》にいるそうだ」

「博奕打《ばくちう》ちですか……」

「うん……」

「名前は……」

「そいつが、確か利助《りすけ》とか利吉《りきち》とか……」

半兵衛は、首を捻って苦笑した。

「入墨は……」

入墨は、正刑の敲き刑や追放刑の属刑として入れられる付加刑であり、前科者の証だ。

鶴次郎は、男に入墨があるかないかを尋ねた。

「三分二筋、確か入れられた筈だよ」

入墨は土地によって変わり、江戸では腕に三分幅の入墨を二筋入れられた。

「じゃあ、その辺から……」

「うん。よし、これから谷中の賭場に行ってみるか……」

「はい……」

半兵衛と鶴次郎は、それぞれの猪口の酒を飲み干して立ち上がった。


山谷の料理屋『喜楽』は、山谷堀沿いの新鳥越町《しんとりごえちょう》にあった。

房吉は、『喜楽』の奉公人たちに探りを入れた。だが、山谷の『喜楽』にも、おりんは奉公していなかった。

残るは本所松坂町と深川の『喜楽』だ。

山谷から行くには、本所松坂町から深川に廻るのが道順だった。

房吉は浅草広小路に戻り、大川に架かる吾妻橋を渡って本所松坂町に行く事にした。


神田川には荷船が行き交っていた。

半兵衛と鶴次郎は、神田川に架かる昌平橋を渡って不忍池に出た。そして、不忍池の畔《ほとり》を抜けて谷中に急いだ。

谷中には、感応寺《かんのうじ》を中心に数多くの寺があった。

谷中の賭場は、博奕打ちが寺の家作や納屋を借りて開帳しているものが多かった。

半兵衛と鶴次郎は、谷中八軒町《はちけんちょう》にある博奕打ちの元締重吉《じゅうきち》の家を訪れた。

広い土間の鴨居には丸に重の字の提灯《ちょうちん》が並べられ、三下奴《さんしたやっこ》が框《かまち》に腰掛けて居眠りをしていた。

「おい……」

鶴次郎は、三下奴を揺り動かした。

三下奴は跳ね起きた。

「やあ……」

鶴次郎は苦笑した。

「こりゃあ鶴次郎さん、お久し振りで……」

「ああ。お前も達者だったかい」

「へい。お陰さまで……」

「そいつは良かった。で、重吉の元締はいるかい」

「へい。只今《ただいま》……」

三下奴は、奥に入って行った。

僅かな時が過ぎ、元締の重吉が出て来た。

「やあ、鶴次郎さん……」

元締の重吉は、鶴次郎に親しげに笑い掛けた。

「元締、こちらはあっしがお世話になっている北町の白縫半兵衛さまだ」

「こりゃあ、知らん顔の旦那で……」

重吉は、半兵衛の渾名《あだな》を知っていた。

「やあ、重吉、白縫半兵衛だ。今日はちょいと訊きたい事があって来た」

「へい。なんなりと……」

「どうぞ……」

三下奴が、半兵衛、鶴次郎、重吉に茶を持って来た。

「こいつは済まないね。戴くよ」

半兵衛は、框に腰掛けて茶をすすった。

「谷中の賭場に三分二筋の入墨をした博奕打ちが出入りしていると聞いたんだが。いるかな」

半兵衛は、重吉を見据えて訊いた。

「へい。入墨者なら何人か……」

重吉は、半兵衛から眼を逸らさずに答えた。

「その中に利助か利吉って奴はいないかな」

「利助なら、うちの賭場に出入りしておりますよ」

「利助か……」

「旦那……」

半次は、眼を輝かせた。

「うん。で、元締、その利助、何処にいるか分かるかな」

「感応寺門前の福ノ家《ふくや》って茶店の家作に……」

重吉は告げた。

「茶店福ノ家の家作だね」

半兵衛は念を押した。

「へい……」

「助かったよ。重吉……」

半兵衛は、微笑みながら礼を述べた。

谷中感応寺は、湯島天神、目黒不動尊《めぐろふどうそん》と並んで富籤《とみくじ》で名高く、参拝客が多い。

茶店『福ノ家』はすぐに分かった。

「じゃあ旦那。先に行って探りを入れます」

「うん。頼むよ」

鶴次郎は、茶店『福ノ家』に向かった。


茶店『福ノ家』に客は少なかった。

鶴次郎は、縁台に腰掛けながら土間の奥の裏口の外を見た。

裏口の外は裏庭であり、隅に納屋を改造した家作が見えた。

「いらっしゃいませ……」

老亭主が、鶴次郎に注文を取りに来た。

「おう。父っつあん、今、裏の家作に利助はいるかい……」

「親方は……」

老亭主は、白髪眉の下の眼を光らせた。

「博奕の貸し、いつ返してくれるか訊きに来たんだぜ」

鶴次郎は、緋牡丹《ひぼたん》の絵柄の半纏《はんてん》の裾を捲《まく》って見せた。

「そんな事だろうと思ったぜ」

老亭主は苦笑した。

「いるのかい……」

「今朝、賭場から帰って来てね。寝ているよ」

「そうか。じゃあ叩き起こしてやるか……」

鶴次郎は、嘲《あざけ》りを浮かべて茶店を出た。

半兵衛が来ていた。

「寝ているらしいですぜ」

「よし。とにかく面を検《あらた》めるか……」

半兵衛は、鶴次郎を従えて茶店『福ノ家』脇の路地から裏庭に向かった。

裏庭の隅に納屋を改造した家作はあった。

鶴次郎は、家作の戸を叩いた。

「誰だい」

利助の寝起きの声が聞こえた。

いた。

鶴次郎は、答えながら戸を開けようとした。だが、戸には心張棒《しんばりぼう》が掛けられていた。

「鶴次郎だ」

半兵衛は、戸を蹴破れと目顔で告げた。

鶴次郎は頷き、家作の戸を蹴破った。

半兵衛が踏み込んだ。

利助は驚き、狭い家作の隅に蹲っていた。

半兵衛は、十年前におりんと美人局を働いた男の顔を思い出した。

利助だった。

鶴次郎が、逃げようとする利助を押さえ、素早く腕の入墨を見届けた。

「旦那……」

鶴次郎は、半兵衛に利助の入墨を見せた。

「うん。久し振りだな、利助……」

半兵衛は笑い掛けた。

利助は戸惑った。

「十年前、お前を美人局でお縄にした北町奉行所の者だよ」

「ああ。旦那……」

利助は、半兵衛を思い出した。

「利助、今日邪魔をしたのは他でもない。十年前に連《つる》んでいたおりん、今何処にいるか知っているかな」

「おりん……」

利助は眉をひそめた。

「そうだ。おりんだ」

「知らねえ。俺が伝馬町にぶち込まれている間に何処かに消えちまった」

「それから一度も逢っていないのか」

「へい。それに十年も昔の事ですぜ。おりんの顔だって、もう良く覚えちゃあいませんよ」

利助は不貞腐《ふてくさ》れた。

「本当だな」

「ええ。おりんも今じゃあ三十の年増。この前、男の餓鬼を連れた女と擦れ違って似ていると思ったけど、はっきりしなくて声も掛けられなかったんですよ」

利助は己を嘲笑《あざわら》った。

「旦那……」

鶴次郎は、男の子を連れたおりんに似た女をおりん自身だと思った。

「うん。利助、その男の子を連れた女と、いつ何処で擦れ違ったんだ」

半兵衛は、厳しく問い質《ただ》した。

「旦那、おりんの奴、また美人局でもしたんですかい」

利助は薄く笑った。

刹那、半兵衛は利助の頬を鋭く張った。

甲高い音が短く鳴った。

「いつ、何処で逢った」

「一月《ひとつき》程前、新大橋《しんおおはし》の袂で……」

利助は、怯えて喉を震わせた。

新大橋は大川に架かり、日本橋の浜町と深川元町《もとちょう》を結んでいる。

「違いないな……」

「へい……」

母子がおりんと良吉なら、梅の木長屋は新大橋のどちらかの袂にあるのかもしれない。

深川か……。

半兵衛の勘が囁いた。

三

本所回向院《えこういん》の境内には、遊ぶ子供たちの歓声が響いていた。

房吉は、回向院の境内を抜け、松坂町一丁目にある料理屋『喜楽』の前に佇んだ。

松坂町の『喜楽』は、料理屋と云うより居酒屋だった。

料理屋ではない……。

だが、おりんが酌婦や台所の下女として働いているのかもしれない。

房吉は見定める事にし、辺りにそれとなく聞き込みをした。

居酒屋『喜楽』は、美味くて安い酒と料理が評判良く、本所は云うに及ばず深川や両国からも客が訪れていた。

房吉は、居酒屋『喜楽』の斜向《はすむ》かいの蕎麦屋に入り、あられ蕎麦で腹拵《はらごしら》えをした。

居酒屋『喜楽』は、若い衆が威勢良く開店の仕度をしている。

房吉は、蕎麦を食べながら居酒屋『喜楽』を見守った。

見ている限り、忙しく働く奉公人は若い男ばかりだった。

房吉は、あられ蕎麦を食べ終え、中年の店主に声を掛けた。

「父っつあん、居酒屋の喜楽、安くて美味いって専《もっぱ》らの評判だな」

「ああ。本当に安くて美味いからな……」

蕎麦屋の中年の店主は、どうやら『喜楽』の馴染《なじ》み客だった。

「処《ところ》で喜楽の奉公人、みんな若い男ばかりだな」

「ああ。喜楽の親父、女は面倒臭いからってね。男だけの方が威勢が良くてさっぱりしてていいぜ」

蕎麦屋の中年の店主は笑った。

おりんは、本所松坂町の『喜楽』にもいなかった。

残るは深川の料理屋『喜楽』だ。

房吉は、あられ蕎麦のお代を置き、蕎麦屋を後にした。

深川の料理屋『喜楽』は、仙台堀沿いの伊勢崎町《いせざきちょう》にある。

房吉は急いだ。

浜町堀の流れは、春の陽差しに長閑に煌めいていた。
半兵衛は、鶴次郎と共に浜町河岸を来て浜町に入った。
浜町には大名家の江戸上屋敷や中屋敷が甍《いらか》を連ねていた。
半兵衛と鶴次郎は、武家屋敷街を通り抜けて新大橋の西詰に佇んだ。
大川の流れの向こうに深川の御舟蔵《おふなぐら》や御籾蔵《おもみぐら》が見えた。
鶴次郎は、背後の武家屋敷街を振り返った。
「旦那。梅の木長屋、どうやら浜町じゃありませんね」
鶴次郎は眉をひそめた。
浜町堀の上流は町方の地だが、新大橋に近い下流一帯は武家地になっている。
「うん。あるとしたら新大橋を渡った東詰だな……」
新大橋の東詰は深川元町であり、武家地と町方の地が混在している。
半兵衛と鶴次郎は、新大橋を渡って深川に向かった。

八丁堀北島町の半兵衛の組屋敷から深川に行くには、霊岸島《れいがんじま》から箱崎《はこざき》に抜け、大川に架かる永代橋《えいたいばし》を渡るのが近い。
半次は、良吉を連れて深川に行ってみる事にし、半兵衛の組屋敷を出た。

「半次さん……」

買い物帰りの菊枝が、半次を呼び止めた。

菊枝は、北町奉行所養生所見廻り同心神代新吾の母親であり、半兵衛が妻子を亡くした時に何かと世話をしてくれた。

「こりゃあ奥さま……」

半次は、腰を屈めて挨拶をした。

「今朝方、女の人が出掛ける半兵衛どのを見送っていましてね」

「女が……」

半次は戸惑った。

「ええ。手を合わせて……」

菊枝は眉をひそめた。

おりん……。

半次の直感は、女をおりんだと囁いた。

おりんは、良吉が半兵衛の組屋敷に無事に入るのを密かに見守っていたのだ。

「そうですか……」

半次は、おりんの母親としての気持ちを知った。

「半次さん、女の人、その子と何か拘わりがあるのですか……」

菊枝は良吉を示した。

「はい。きっと……」

半次は頷いた。

「そうですか……」

「奥さま、その女、また来るかもしれません。気にしちゃあ頂けませんか……」

半次は頼んだ。

「心得ました」

菊枝は、快く引き受けてくれた。

半次は、菊枝に挨拶をし、良吉を連れて霊岸島に向かった。


半兵衛は、鶴次郎と共に新大橋を渡り、深川に入った。

そこは、本所竪川と小名木川の間だった。

竪川と小名木川の間は武家地が多く、町方の地は二つの掘割を南北に結ぶ六間堀を中心に広がっていた。

深川元町、六間堀町、南北の六間堀町、北森下町《きたもりしたちょう》、三間町《さんげんちょう》……。

半兵衛と鶴次郎は、こうした町の自身番を訪れて梅の木長屋を探す事にした。

深川伊勢崎町の料理屋『喜楽』は、仙台堀沿いにあった。

料理屋『喜楽』は、川風に暖簾を揺らしていた。

房吉は、『喜楽』の付近の者や出入りの商人たちに聞き込みを掛けた。

深川の料理屋『喜楽』は、堅実な商いをしており、奉公人たちの躾《しつ》けも行き届いていると評判は良かった。

房吉は、おりんについても聞き込んだ。

通い奉公の仲居や台所女中におりんと云う女はいないか……。

「ああ。おりんさんならいますよ」

出入りの酒屋の手代は、事も無げに頷いた。

「いるか……」

房吉は、思わず身を乗り出した。

「えっ、ええ。通い奉公の仲居のおりんさんでしょう」

酒屋の手代は、身を乗り出した房吉に戸惑った。

「おりん、今、喜楽で仕事をしているのかい」

「いいえ。おりんさん、夕暮れからだからまだ来ちゃあいませんよ」

おりんは、夕暮れから夜中迄の通い奉公なのだ。

「そうか、まだ来ちゃあいないか……」

「ええ……」

「家が何処か分かるかな……」

「さあ、そこまでは分かりません。じゃあ、手前はこれで……」

酒屋の手代は首を捻り、そそくさと立ち去った。

房吉は、漸く良吉の母親のおりんの奉公先を突き止めた。

後は、おりんが料理屋『喜楽』に来るのを待てばいいのだ。

焦りは禁物……。

房吉は、自分を落ち着かせようとした。

仙台堀の向こうには、大川の流れが煌めいていた。

眩しい程の煌めきだった。

良吉は、永代橋の袂から眼を細めて大川を眺めていた。

「どうだ良吉。大きい川に長い橋だろう……」

半次は、良吉の反応を窺った。

「うん……」

良吉は、半次から眼を逸らし、煌めく流れを眩しげに見つめた。

良吉は、大川や永代橋を知っており、それを隠している。

半次は睨んだ。

良吉は、母親のおりんに手を引かれて永代橋を渡って来たのかもしれない。

だが何故、それを隠すのか……。

今の処、梅の木長屋が深川にあると云う睨みは間違ってはいない。

いずれにしろ、梅の木長屋は稲荷堂の裏にあり、寺と掘割が近くにある。

「さあ、行くぞ、良吉……」

半次は、良吉の手を引いて永代橋を渡ろうとした。

良吉は、しゃがみ込んで動かなかった。

「良吉……」

半次は戸惑った。

良吉は、怒ったように半次を睨み付けた。

「そうか、良吉は深川には行きたくないのか」

良吉は、半次を睨み付けまま頷いた。

母親を庇っているのかもしれない……。

半次は、不意にそう思った。

深川元町、六間堀町、そして北六間堀町と南六間堀町に梅の木長屋はなかった。

半兵衛と鶴次郎は、残る北森下町と三間町の自身番に向かった。

料理屋『喜楽』は、夜の仕込みをする為に暖簾を仕舞った。

房吉は、仙台堀の堀端に潜んで『喜楽』を見張った。

下足番が店の表の掃除を始め、昼間だけの奉公人は帰り始めた。その中には、仲居や台所女中もいた。

「じゃあ、おじさんお先に……」

中年の女が、裏口から出て来た下足番に声を掛けた。

「おう。おちかさん、今夜は亭主と一杯やるのかい……」

下足番はからかった。

「ああ。まだ夜は寒いからね。炬燵《こたつ》に入って一杯やって、ついでに亭主を抱いて温まるんだよ。じゃあね……」

おちかと呼ばれた中年女は、軽口をたたいて仙台堀に架かる海辺橋《うみべばし》を渡った。

房吉は追った。

仙台堀に架かる海辺橋を渡って進むと、油堀川《あぶらぼりがわ》に出る。

おちかは、油堀川に架かる富岡橋《とみおかばし》に差し掛かった。

「おちかさん……」

房吉は、おちかを呼び止めた。

おちかは足を止め、怪訝に振り返った。

房吉は、笑みを浮かべて駆け寄った。

「なんだい、お前さん……」

おちかは、胡散臭《うさんくさ》そうに房吉を見つめた。

「ちょいと聞きたい事があってね」

房吉は、おちかに素早く一朱金を握らせた。

おちかは、一朱金を一瞥して思わず握り締めた。一朱金は十六分の一両であり、庶民にとっては大金だ。

「聞きたい事ってなにさ……」

　おちかは、一朱金を素早く胸元に仕舞って笑顔を作った。

「奉公人仲間のおりんさん、知っているね」

「ええ。おりんさんがどうかしたのかい……」

「いや。どんな暮らしをしているのか、ちょいと調べてくれと、知り合いの旦那に頼まれてね」

「あら、めでたい話なのかい……」

　おちかは、縁談だと思い眼を輝かせた。

「えっ、ええ。まあ、そんな処だ……」

　房吉は、笑顔で言葉を濁した。

「でも、おりんさん、好い人がいるよ」

「好い人……」

「ええ。浪人さんだとか云っていたけどね」

「そうか、浪人の好い人がいるのか……」

「ええ。それに前の亭主の子供もいるし……」

「まあ、子供はいいが、その好い人の浪人ってどんな人かな」

「私も逢った事はないからどんな人か知らないけど、三つ年下だそうでね。おりんさん、随分可愛がっていますよ。ありゃあ……」

「じゃあ、惚れているのはおりんさんの方って訳かい」

「そりゃあそうだよ。何たって年下の可愛い男だよ」

おちかは苦笑した。

おりんの情人は、三歳年下の浪人だった。

房吉は知った。

「で、その浪人、どんな仕事をしているのか、知っているかい」

「さあ、良くは知らないけど、仕事はしていないと思うよ」

「じゃあ、おりんさんが食わしているのかい」

「きっとね。惚れた弱味って奴だよ」

「そうか……」

おりんは、三歳年下の浪人を情人にし、惚れた弱味で面倒をみているのだ。

良吉は、そんな母親おりんにとってどんな存在なのだ。

邪魔者……。

房吉は、不意に淋しさを感じた。

西日が油堀川に煌めいた。

「親方、私、そろそろ……」

おちかは眉をひそめた。

「ああ、そうだな。造作を掛けたね」

「いいえ。じゃあ……」

おちかは、油堀川に架かる富岡橋を足早に渡って行った。

房吉は見送った。

今、おりんは子供の良吉より、三歳年下の情人に夢中なのかもしれない……。

房吉は、己の幼い頃を思い出し、良吉を憐れまずにはいられなかった。

母親おりんの気持ちを、子供の良吉に取り戻す手立てはあるのか……。

房吉は思いを巡らせた。

必要とあれば消す……。

房吉は、西日に煌めく油堀川を暗い眼で見つめた。

半兵衛は、鶴次郎と共に小名木川に架かる高橋《たかばし》を渡った。

結局、北森下町と三間町に梅の木長屋はなかった。

半兵衛と鶴次郎は、高橋を渡って海辺大工町《うみべだいくちょう》の自身番に向かった。

海辺大工町は、船大工が多く住んでいる処から付いた名だった。

「梅の木長屋ですか……」

自身番の店番は、町内の名簿を開いた。

「うん。お稲荷堂の裏にあるようだ」

半兵衛は、番人の淹《い》れてくれた茶をすすった。

「ああ。それなら本誓寺《ほんせいじ》の近くにある梅の木長屋でしょう」

店番は、町内の名簿を示した。

「本誓寺……」

「旦那……」

鶴次郎は笑みを浮かべた。

「うん。どうやら、漸く突き止めたかもしれないな」

「はい……」

「で、その梅の木長屋におりんって女が暮らしている筈なんだがね」

半兵衛は、店番に訊いた。

「おりんですか……」

店番は、梅の木長屋の住人を調べた。

「ええ。おりんさん、良吉って子供と二人暮らしですね」

店番は、町内名簿から眼をあげた。

「旦那、間違いありませんね」

「うん……」

半兵衛と鶴次郎は、梅の木長屋迄の道順を聞いて自身番を後にした。

梅の木長屋は稲荷堂の裏にあり、木戸に白梅と紅梅の木が蕾《つぼみ》を綻ばせていた。

夕暮れ前の梅の木長屋は、おかみさんたちの夕餉《ゆうげ》の仕度前の静けさに包まれていた。

おりんの家は、梅の木長屋の奥にあった。

半兵衛は、木戸からおりんの家を窺った。

「旦那……」

鶴次郎は、梅の木長屋の周囲にそれとなく聞き込みを掛けて来た。

「どうだ……」

「いるそうですよ、若い浪人が……」

「若い浪人……」

半兵衛は眉をひそめた。

「ええ。どうみてもおりんより年下のようだとか……」

おりんと良吉の家には、若い浪人が転がり込んでいた。

「旦那、その若い浪人が、年端もいかねえ良吉を殴ったり蹴ったりしているのかもしれませんぜ」

鶴次郎は、微かな怒りを過ぎらせた。

「うむ……」

おりんの家の腰高障子が開いた。

半兵衛と鶴次郎は、梅の木の陰に素早く潜《ひそ》んだ。

若い浪人が、おりんの家から出て来た。

「待ってよ。お前さん……」

女が、若い浪人を追って出て来た。

おりん……。

半兵衛は、十年振りにおりんを見た。

おりんは、若い浪人に縋《すが》り付いた。

「おりんですか……」

「うん……」

十年前の若さはなかったが、おりんに間違いなかった。

半兵衛と鶴次郎は、おりんと若い浪人を見守った。

「今晩、帰って来るのかい……」

おりんは笑い掛けた。

「分からねえよ。そんな事……」

若い浪人は、薄笑いを浮かべて冷たく云い放った。

「お前さん、お店から美味しい料理を分けて貰ってくるよ。だから帰って来てよ。ねっ」

おりんは媚《こ》びた。

「分からねえと云ってるだろう」

若い浪人は、おりんを邪険に突き飛ばした。

おりんはよろめき、腰高障子に摑まった。

若い浪人は、おりんに嘲りの一瞥を与えて木戸に向かった。

「お前さん……」

おりんは、哀しげに見送った。

若い浪人は、振り返りもせずに木戸を出て行った。

「旦那、野郎を追います」

「頼む。私はおりんに問い質《ただ》す」

「承知……」

鶴次郎は、若い浪人を尾行した。

半兵衛は、おりんを見守った。

おりんは、深々と吐息を洩《も》らして家に入った。

おりん……。

半兵衛は、紅梅の木の傍に佇んだ。

おかみさんたちが、長屋の家々から出て来て賑やかに夕餉の仕度を始めた。

西日は赤く輝き始めた。

四

深川の町は夕陽に染まった。

おりんは、井戸端のおかみさんたちに挨拶をし、逃げるように梅の木長屋を出た。

半兵衛はおりんを追った。

おりんは、小名木川に架かる高橋からの通りに出て仙台堀に向かった。

奉公先の料理屋『喜楽』に行く……。

半兵衛は、おりんの行き先を読んだ。

おりんは、疲れたような足取りで本誓寺の前に差し掛かった。

「おりん……」

半兵衛は、おりんを呼び止めた。

おりんは振り返った。

「やあ……」

半兵衛は微笑んだ。

おりんは、息を飲んで立ち竦んだ。

「暫《しばら》くだね……」

「し、白縫の旦那……」

おりんは、喉を引き攣らせた。

「ちょいと話がある……」

半兵衛は、おりんを本誓寺の境内に誘った。

おりんは、黙って半兵衛に従った。


遊んでいた子供たちは、別れの言葉を叫びながら本誓寺の境内から駆け去った。

「良吉は達者にしているよ」

半兵衛は笑い掛けた。

「良吉……」

おりんは、思い出したように緊張した。

「やっぱり、お前の子か……」

「申し訳ございません」

おりんは詫びた。

「いや。それより、お前にも色々あったようだな」

「美人局の利助とお縄になり、旦那に松戸《まつど》の実家に帰されましたが、お父っつあんが病になりましてね。私、また江戸に奉公に出たんです。そして、奉公先のお店で知り合った男と所帯を持って良吉が生まれて……」

おりんは、吐息を洩らした。

「亭主、どうしたんだい」

「それが旦那。良吉が生まれた日の夜、仲間と祝いだってお酒を飲んで、神田川に落ちて溺れ死んじまったんですよ」

おりんは、余りの呆気《あっけ》なさに哀しさよりも、可笑《おか》しさを覚えた。

半兵衛は、おりんの男運の悪さを憐れんだ。

「それから五年、良吉を抱えて……。色々ありましたよ」

おりんは、淋しさを過ぎらせた。

「それでおりん。良吉の身体の痣なんだがね」

半兵衛は、厳しさを過ぎらせた。

「旦那……」

おりんは、怯えを滲ませた。

「あれは誰が付けたんだい」

「誰がって、私です。私が躾けで……」

おりんは、半兵衛から苦しげに眼を逸らした。

「そうかな。良吉は賢い子だ。痣の出来る程、殴って躾けなきゃあならない子とは思えないけどね」

半兵衛は、おりんを厳しく見据えた。

「でも、私なんです。私が躾けで殴ったんです。私が……」

おりんは、自分がやったと云い張った。

「おりん、梅の木長屋にいる若い浪人は、何処の誰なんだい」

「えっ……」

おりんは言葉を飲んだ。

「名は何て云うんだ」

「そ、それは……」

おりんは、顔色を変えて微かに震えた。

「名も云えない処をみると、若い浪人、良吉の痣と拘わりがあるんだな」

半兵衛は、誘いを掛けた。

「拘わりなんかありませんよ。旦那、あの人は小島《こじま》です。小島雄之介《ゆうのすけ》って名前です」

おりんは、半兵衛の誘いに容易に乗った。

「小島雄之介か……」

半兵衛は、若い浪人の名を知った。

「旦那……」

おりんは微かに震えた。

夕陽は沈み、空は黄昏時《たそがれどき》の青黒さに覆われた。

「旦那、私、勤めがありますので……」

おりんは、怯えたように頭を下げて身を翻《ひるがえ》した。

半兵衛は追った。


料理屋『喜楽』は、軒行燈《のきあんどん》に火を灯して客を迎えていた。

おりんは、小走りにやって来て裏口に入って行った。

半兵衛は、物陰で見届けた。

「旦那……」

房吉が現れた。

「房吉か……」

半兵衛は、房吉が料理屋『喜楽』を突き止めていたのに感心した。

「流石《さすが》だな……」

「今の女がおりんですかい……」

房吉は、おりんの入って行った裏口を見つめた。

暗い眼だった。

半兵衛は、房吉の秘めた怒りに気付いた。

客の乗った町駕籠が、料理屋『喜楽』の表に着いた。

下足番が、客の到着を店に報せた。

女将や仲居たちが、賑やかに客を迎えに出て来た。

仲居の中にはおりんもいた。

町駕籠を降りた客は、女将やおりんたち仲居に囲まれ、賑やかに『喜楽』に入って行った。

房吉は、おりんを暗い眼で睨み付けた。

半兵衛は、不吉な予感に包まれた。

料理屋『喜楽』から三味線《しゃみせん》や太鼓の音が鳴り響き始めた。

夜が始まった。

賭場には、男たちの熱気と煙草《たばこ》の煙が満ちていた。

若い浪人は、盆茣蓙《ぼんござ》の端に座って駒札を張り続けていた。

鶴次郎は、賭場が仕度した酒をすすりながら若い浪人を見守った。

若い浪人は、負け続けていた。

博奕は上手くない……。

鶴次郎は見定めた。

「お客人、酒ありますかい……」

三下が、新しい酒を持って来た。

「ああ。頂いているぜ。兄い、あの負けの込んでいる若い浪人、何処の誰だい」

「ああ。あの人は小島雄之介って人ですよ」

「小島雄之介……」

鶴次郎は、若い浪人の名を突き止めた。

「ええ。稼業は女のひもですよ」

「女のひも……」

鶴次郎は眉をひそめた。

「子持ちの年増から大店の小女迄、女なら手当たり次第の見境無しだそうですぜ」

　三下は嘲笑した。

「筋金入りのひもか……」

　鶴次郎は苦笑した。

「ええ。女を誑《たら》し込んでは仲居や酌婦、酷い時には女郎にして食い物にしている
そうですぜ」

「酷いな……」

「まったくで。じゃあ……」

　三下は、新しい酒と湯呑茶碗を置いて立ち去った。

　小島雄之介は、博奕を打ち続けた。

　賽《さい》の目《め》は、小島雄之介を嘲笑うように悉《ことごと》く裏切った。

　小島雄之介は、苛《いら》立《だ》ち始めていた。

　鶴次郎は、苛立つ小島を見守りながら湯呑茶碗の酒をすすった。

　僅かな時が過ぎ、小島雄之介は北本所荒井町《きたほんじょあらいちょう》の寺の賭場を出た。

　鶴次郎は追った。

賭場を出た小島雄之介は、深川の梅の木長屋に戻らず大川に向かった。

鶴次郎は、暗がり伝いに慎重に尾行した。

小島は、大川に架かる吾妻橋を渡って浅草に行く……。

鶴次郎は睨んだ。

大川からの川風は、夜が更けるにつれて春の気配を消し、冬の冷たさに戻っていた。

小島は、吾妻橋を渡って浅草広小路に入った。そして、蔵前《くらまえ》の通りに進み、駒《こま》形堂《がたどう》の傍の小料理屋の暖簾を潜った。

鶴次郎は、駒形堂の陰から見届けた。

小料理屋の軒行燈には、『春駒《はるこま》』と書かれていた。

四半刻は出て来ない筈だ……。

鶴次郎は読み、駒形町の木戸番に走った。

駒形町の木戸番宗平《そうへい》は、折良く夜廻りから戻って来たばかりだった。

「こりゃあ鶴次郎さんじゃあないか……」

宗平は提灯の火を吹き消し、拍子木《ひょうしぎ》を置いた。

「やあ。宗平さん、ちょいと聞きたい事があってね」

鶴次郎と宗平は、普段から挨拶をする仲だった。

「お役目ですかい……」

「まあね。駒形堂の傍にある小料理屋……」

「春駒ですか……」

「ああ。どんな店だい」

「夫婦でやっていましてね。旦那が板前、女房が女将ですよ」

「若い女はいないのかい」

「ええ。いませんよ」

「そうか、いないのか……」

鶴次郎は戸惑った。

小島雄之介は、小料理屋『春駒』に拘わる若い女のひも……。

鶴次郎のそうした睨みは、間違っていた。

じゃあ、小島は『春駒』に酒を飲みに来ただけなのか……。

鶴次郎は困惑した。

「鶴次郎さん、春駒の二階には座敷があってね。男と女の逢引きに貸しているん

です よ」

宗平は苦笑した。

「逢引き……」

鶴次郎は、思わず繰り返した。

「ええ……」

宗平は頷いた。

「そいつかな……」

鶴次郎は、小島が女と逢いに小料理屋『春駒』に来たと睨んだ。


小料理屋『春駒』は、暖簾を冷たい夜風に揺らしていた。

鶴次郎は、木戸番屋から『春駒』に戻った。そして、駒形堂の陰から『春駒』を見張ろうとした。だが、駒形堂の陰には先客がいた。

鶴次郎は、戸惑いながらも暗がりに潜んで先客が何者か見定めようとした。

先客は、若い職人だった。

若い職人は、明らかに『春駒』を見張っていた。

四半刻が過ぎた頃、『春駒』の裏手から若い女が現れ、小走りに柳橋《やなぎばし》の方に立ち去った。
若い職人は、思わず追い掛けようとした。
だが、思い止まり、駒形堂の陰に潜み続けた。
何をする気だ……。
鶴次郎は、微かな緊張を覚えた。
僅かな時が過ぎた。
『春駒』の戸が開き、小島雄之介が女将に見送られて出て来た。
「お気をつけて……」
女将の声には、微かな苦笑が含まれていた。
「うむ……」
小島は薄笑いを浮かべ、大川沿いの道を吾妻橋に向かった。
若い職人は、駒形堂の陰を出て小島を追った。
鶴次郎は、足音を忍ばせて続いた。
大川の暗い流れは、月明かりに蒼白く輝いていた。
小島は、吾妻橋に進んだ。

若い職人の手許が僅かに輝いた。

拙《まず》い……。

鶴次郎は焦った。

次の瞬間、若い職人は匕首《あいくち》を構えて小島に突進した。

刹那《せつな》、小島は振り返り態《ざま》の一刀を放った。

若い職人は、胸元から血を噴き上げて仰《の》け反《ぞ》り、倒れた。

小島は、倒れた若い職人を嘲笑い、止めを刺そうと刀を逆手に握って振り上げた。

鶴次郎は大声で叫んだ。

「火事だ。火事だ……」

人は〝人殺し〟と聞くと恐ろしさに身を縮めるが、〝火事だ〟と聞けば驚いて外に飛び出して来る。

傍の家々に明かりが灯り、人々が出て来た。

「火事だ……」

鶴次郎は叫び、小島と倒れている若い職人の許に走った。

小島は舌打ちし、吾妻橋に逃げ去った。

鶴次郎は、倒れている若い職人に駆け寄った。

「おい。しっかりしろ」

鶴次郎は、若い職人の様子を見た。

若い職人は、肩から胸元を袈裟に斬られて苦しく息を鳴らしていた。

「鶴次郎さん……」

木戸番の宗平が駆け付けて来た。

「宗平さん、戸板を頼む」

鶴次郎は、若い職人を一刻も早く医者に運ぼうとした。


囲炉裏の火は揺れた。

良吉は、台所の隣の座敷で眠っていた。

「やっぱり梅の木長屋、深川でしたか……」

半次は、囲炉裏端に座った半兵衛に酒を満たした湯呑茶碗を差し出した。

「うん。海辺大工町にあってね。料理屋の喜楽は伊勢崎町にあったよ」

半兵衛は、湯呑茶碗の酒をすすった。

「そうですか……」

「深川だと良く分かったね」

半兵衛は、囲炉裏に粗朶《そだ》を焼《く》べた。

「良吉が永代橋を渡るのを嫌がりましてね。それで深川に何かあると……」

「成《な》る程《ほど》……」

囲炉裏の火は燃え上がった。

「で、旦那、梅の木長屋には、若い浪人がいましたか……」

半次は、厳しさを過ぎらせた。

「うん。鶴次郎が追っているよ」

「そうですか……」

「良吉、母親のおりんを恋しがらなかったかい……」

半兵衛は、隣の部屋で眠っている良吉を気遣った。

「寝る前、あっしに気付かれないように蒲団を被って泣いていましたよ。可哀想に……」

半次は囁いた。

「そうか……」

「身体の痣。若い浪人の仕業ですかね……」

「おりん、自分が躾けでやったと云い張っているよ」

「若い浪人を庇っているとしたら、惚れているんですね」

半次は、憮然《ぶぜん》たる面持ちになった。

「きっとね。そして、そんな母親の気持ちを良吉は知っている……」

半兵衛は酒をすすった。

「良吉、おっ母ちゃんが好きなんですよ」

半次は、腹立たしげに湯呑茶碗の酒を飲み干した。

「うん。優しくて賢い子だからね。おりん、そいつに気付いているのかどうか……」

半兵衛は、半次の湯呑茶碗に酒を注いだ。

「畏れいります」

半次は、礼を述べて半兵衛の湯呑茶碗に酒を満たした。

「旦那。神代さまの奥さまのお話じゃあ、おりん、今朝、出掛ける旦那に手を合せていたそうですよ」

「おりんが……」

「ええ……」

半兵衛は、おりんの気持ちを知った。

「馬鹿な母親だ……」

半兵衛と半次は、おりん良吉母子に思いを馳《は》せながら酒を飲んだ。

台所の勝手口の戸が叩かれた。

鶴次郎の叩き方だった。

半次は、素早く勝手口に寄って戸を開けた。

鶴次郎が入って来た。

「只今戻りました」

「御苦労だったね。さあ、温まるといい」

「はい……」

鶴次郎は、隣の座敷で寝ている良吉を一瞥して囲炉裏端に座った。

半兵衛は、湯呑茶碗に酒を満たして差し出した。

「頂きます」

鶴次郎は、酒を飲んで息を整えた。

半兵衛は、微かな違和感を覚えた。

「何かあったのか……」

「はい。浪人の名は小島雄之介……」

「小島雄之介……」

「はい。その小島の野郎、駒形堂の近くで浩助《こうすけ》って大工を斬り棄てましてね」

「なに……」

半兵衛は困惑した。

「木戸番の宗平さんと、急いで医者に担ぎ込んだのですが……」

鶴次郎は、口惜しげに首を横に振った。

「死んだのか……」

「はい……」

大工の浩助は、小島雄之介に斬られて死んだ。

「小島、何故、浩助って大工を斬ったんだ」

「浩助が襲い掛かりましてね。それで……」

「どう云う事だ」

半兵衛は眉をひそめた。

「小島の野郎、浩助の許嫁《いいなずけ》に手を出したそうでして……」

大工の浩助は、許嫁が小島と逢引きするのを見届けて殺そうとした。だが、所《しょ》詮《せん》は浪人と大工だ。浩助は、小島雄之介に逆に斬り棄てられた。

浩助は、鶴次郎に訊かれるまま苦しい息で切れ切れに答えた。

「小島雄之介、おりんの他にも女がいるのか」

半兵衛は、厳しさを過ぎらせた。

「はい。女を食い物にしている筋金入りのひもだそうですぜ」

鶴次郎は、酒の入った湯呑茶碗を置いた。

ひも……。

半兵衛は、浪人の小島雄之介の正体を知り、密かにおりんを憐れんだ。

「小島雄之介、そんな野郎なのか……」

半次は、怒りを滲ませた。

「ああ。どうします。旦那……」

鶴次郎は、半兵衛の出方を窺った。

「理由はどうあれ、人一人を斬り殺したのだ。放って置く訳にはいかぬ」

半兵衛は、厳しい面持ちで湯呑茶碗の酒を飲み干した。

隙間風が冷たく吹き込み、囲炉裏の火は激しく揺れた。

雲は重く垂れ込め、冬に逆戻りしたような日だった。

半兵衛は寒さに身を縮め、房吉と鶴次郎を伴って深川海辺大工町の梅の木長屋に向かった。

梅の木長屋の白梅と紅梅は、寒さに負けずに蕾を膨らませていた。

鶴次郎は、おりんの家の様子を窺って半兵衛と房吉の待つ木戸に戻った。

「小島、いますよ」

鶴次郎は告げた。

「踏み込みますか……」

房吉は、半兵衛に指示を仰いだ。

「うん。大工の浩助を斬り殺した罪で大番屋に来て貰おう」

「分かりました」

房吉と鶴次郎は緊張した。

不意におりんの家の腰高障子が開いた。

半兵衛、房吉、鶴次郎に身を隠す間はなかった。

小島は、半兵衛たちを見つめて佇んだ。

「どうしたの、お前さん……」

家から出て来たおりんが、半兵衛たちに気付いて立ち尽くした。

小島は、半兵衛を殺意を含んだ眼で睨み付けた。

「小島雄之介だね」

「あんたは……」

「北町奉行所臨時廻り同心の白縫半兵衛……」

「その白縫半兵衛が、俺に何用だ」

小島は、嘲りを滲ませた。

「小島雄之介、昨夜、駒形堂の傍で大工の浩助を斬り殺したね」

半兵衛は、静かに問い質した。

おりんは、驚いて息を飲んだ。

「浩助かどうか知らぬが、俺は襲い掛かって来た奴を斬り棄てた迄だ」

小島は嘲笑を浮かべた。

「何故、大工の浩助がお前さんを襲ったか知っているか」

「知るか……」

「お前さんが、許嫁に手を出したのを怨《うら》んでの事だよ」

「お前さん……」

おりんは、哀しげに小島を見上げた。

「馬鹿な奴だ……」

小島は、冷たく吐き棄てた。

「詳しい事は、大番屋で訊かせて貰う」

半兵衛は、小島を厳しく見据えた。

「大番屋だと……」

「うん。良吉の身体の痣についても訊きたいからね」

「なに……」

小島は身構えた。

「旦那、良吉の痣は私が……」

おりんは小島を庇った。

「おりん……」

半兵衛は、厳しく遮《さえぎ》った。

おりんは言葉を飲み、半兵衛を見つめた。

「良吉は、小島の事を一言も洩らさず、蒲団を被って泣いている」

「良吉……」

おりんは狼狽《ろうばい》した。

「そいつは、何もかもおっ母ちゃんのお前を庇っての事だ。いいのかな、今のまま……」

半兵衛は告げた。

「旦那……」

おりんの頬に涙が伝った。

「さあ、良吉の処に行こう」

半兵衛は促した。

おりんは頷き、半兵衛の許に踏み出した。

刹那、小島はおりんを捕らえて刀を突き付けた。

「お前さん……」

おりんは驚いた。

「小島……」

半兵衛は、小島を見据えた。

房吉《ど》と鶴次郎は身構えた。

「退け。退かぬとおりんの命はない……」

小島は恐れた。

叩けば幾らでも埃《ほこり》の舞い上がる身だ……。

小島は、半兵衛の詮議を恐れ、おりんを人質にして窮地を切り抜けようとした。

「小島、馬鹿な真似はするんじゃあない」

半兵衛は、小島を見据えた。

「黙れ。退け、退かぬとおりんを殺す」

小島は、顔を醜く歪《ゆが》めて血走った眼で半兵衛を睨み付けた。

「おりん、こいつが小島雄之介の正体だ。良く見て置くのだな……」

半兵衛は苦笑した。

「お前さん……」

おりんは泣き出した。

小島は、おりんの喉元に刀を当て、半兵衛たちの間を通り抜けようとした。

次の瞬間、半兵衛は僅かに腰を沈めて閃光を放った。

閃光は、小島の刀を握る腕を斬り裂いた。

小島は、思わず刀を落とした。

刀は地面に落ち、軽い音を立てて転がった。
半兵衛の見事な田宮流抜刀術《たみやりゅうばっとうじゅつ》だった。
鶴次郎は、小島に飛び掛かっておりんを引き離した。
房吉が、井戸端にあった手桶を小島の頭に激しく叩き付けた。
手桶はばらばらになって飛び散り、小島は額から血を流して倒れた。
房吉は、手桶の板を握り締め、蹲った小島を尚も殴り付けた。
小島に立ち上がる暇はなかった。
房吉は、憎しみを露わにして小島を殴り続けた。
小島は、頭を抱えて転げ廻った。
血が飛んだ。
房吉に容赦はなかった。
小島は、血に塗《まみ》れて蹲った。
「もういい、房吉……」
半兵衛は止めた。
「止めないで下さい。こいつのせいで、こいつのせいで俺は……」
房吉は錯乱したように口走った。

「房吉……」

半兵衛は房吉を押さえた。

房吉は我に返り、血塗れの板を棄てた。

「鶴次郎……」

「はい」

鶴次郎は、ぐったりしている小島雄之介に縄を打った。

「じゃあ、大番屋に引き立てますぜ」

「うん。頼むよ」

鶴次郎は、小島雄之介を引き立てた。

「じゃあ旦那、あっしはこれで……」

房吉は、恥ずかしげに半兵衛から眼を逸らした。

「房吉……」

「自分の餓鬼の頃を思い出しちまって、申し訳ありませんでした」

房吉は、一礼して梅の木長屋から立ち去った。

「おりん、さあ、良吉が待っているよ」

「半兵衛の旦那……」

おりんは涙ぐみ、半兵衛に深々と頭を下げた。

粉雪が舞い始めた。

「雪か……」

半兵衛は空を見上げた。

粉雪が灰色の空から舞い始めた。

「おりん、名残雪だ……」

「はい……」

おりんは、舞い落ちる粉雪を見上げた。

「名残雪は忘れ雪とも云ってね」

「忘れ雪……」

「うん。悪い夢は忘れ、良吉と仲良く暮らすんだな」

「旦那……」

「さあ、行くよ」

半兵衛は、八丁堀の組屋敷に向かった。

おりんは続いた。

忘れ雪は舞い続けた。

浪人の小島雄之介は、数人の女を騙して売り飛ばし、強請たかりに辻強盗を働いていた。

北町奉行所は、小島雄之介に遠島《えんとう》の裁きを下した。

良吉は、迎えに来た母親おりんと一緒に梅の木長屋に帰った。

半兵衛は、良吉の身体の痣に関しては不問に付した。

「いいんですか、旦那」

半次は眉をひそめた。

「小島の良吉への虐待を暴けば、母親のおりんの罪も問われる。そいつは、良吉も本意じゃあないだろう」

「じゃあ、知らん顔の半兵衛さんですか……」

半次は笑った。

「うん。良吉には申し訳ないがね……」

世の中には、町奉行所の同心が知らぬ顔をした方が良い事もある。

小島雄之介は、他の罪で既に遠島の裁きを下されている。

半兵衛は、おりん良吉母子の穏やかな暮らしを願った。

「旦那、鶴次郎に聞いたんですが、房吉の兄貴、小島に容赦がなかったそうですね」

「半次、房吉は良吉を見ていて、自分の子供の頃を思い出したそうだ」

「子供の頃を……」

半次は、困惑を過ぎらせた。

「うん……」

「そうですか……」

「半次、人には、誰にも云わず、黙って抱え込んでいる物が沢山ある。房吉には、自分の子供の頃もそうなのかもしれない……」

半兵衛は、長い付き合いの房吉がどんな子供だったのか知らなかった。只、子供の頃が辛く哀しいものだったのに間違いなかった。

「人には、誰しもいろいろありますか……」

「うん。私にもね……」

半兵衛は微笑んだ。

梅の花は咲き、江戸の町は春の陽差しに眩しく煌めいていた。

第三話　仁徳者

一

桜の花は満開になった。

江戸には上野、御殿山《ごてんやま》、飛鳥山《あすかやま》などの桜の名所が幾つかあった。

向島《むこうじま》の桜堤も名所の一つであり、花見客で賑わった。

北町奉行所臨時廻り同心白縫半兵衛は、半次と鶴次郎を伴って花見と洒落込《しゃれこ》んだ。

花見客は思い思いに散策し、酒を飲み料理を食べながら咲き誇る桜の花を楽しんでいた。

半兵衛、半次、鶴次郎は、桜の花を見上げながら見物客の行き交う堤を進んだ。

白鬚《しらひげ》神社の前に差し掛かった時、隅田川の河原で大勢の人々が車座になって賑やかに花見をしているのが見えた。

「派手にやっているね」

半兵衛は笑った。

「ええ……」

半次は、眩しげに眺めた。

車座になっている人々は、職人やお店者《たなもの》とその家族と思われる女子供たちだった。

「何処《どこ》かのお店の連中ですかね……」

半次は、一行の素性《すじょう》を睨んだ。

「ああ。ありゃあ京橋《きょうばし》の袂にある京扇堂《きょうせんどう》の彦右衛門《ひこえもん》旦那たちだぜ」

鶴次郎は、車座の中にいる恰幅《かっぷく》の良い初老の男を示した。

「京扇堂の彦右衛門旦那……」

半次は、鶴次郎の示した恰幅の良い初老の男を見つめた。

「京扇堂と云えば、確か江戸でも指折りの扇問屋だね」

半兵衛は尋ねた。

「はい……」

「そんなお店の旦那が、職人と奉公人、それに家族のみんなと花見とはね」

半兵衛は、微かな戸惑いを過ぎらせた。

「京扇堂の彦右衛門旦那は、仁徳者として名高い方ですからね」

鶴次郎は微笑んだ。

「ほう、仁徳者ねえ……」

半兵衛は、笑い声の絶えない車座の一行を眺めた。

おそらく『京扇堂』の彦右衛門は、店に出入りをしている扇職人や奉公人たちと、その家族を花見に招き、日頃の労をねぎらっているのだ。

「成る程な……」

半兵衛は感心した。

向島の堤は満開の桜の花に霞み、花見の賑わいが続いた。


春の夜風は生温かく吹き抜け、満開の桜の花びらを舞い散らせ始めた。

半兵衛は、日本橋にある馴染《なじ》みの小料理屋で半次や鶴次郎と晩飯を食べた。そして、鶴次郎と別れ、半次と共に八丁堀北島町の組屋敷に向かった。

日本橋から青物町《あおものちょう》の通りを抜け、楓川《もみじがわ》に架かる海賊橋を渡る。そして、楓川沿いを南に向かい、綾部藩《あやべ》二万石九鬼《くき》家の江戸上屋敷の手前を東に曲がって進むと八丁堀北島町の組屋敷街に出る。

半兵衛と半次は海賊橋を渡り、楓川沿いを綾部藩江戸上屋敷の方に進んだ。

行く手に見える綾部藩江戸上屋敷の潜り戸が開き、大店の旦那風の男と提灯《ちょうちん》を持った若いお店者が中間《ちゅうげん》に見送られて出て来た。

大店の旦那風の男は、若いお店者の提灯に足元を照らして貰い、楓川沿いを京橋に向かった。

「お店の旦那とお供の手代ですかね……」

「おそらくね。綾部藩で商いをした帰りかな」

半兵衛と半次は、二人を見ながら綾部藩江戸上屋敷の手前を東に曲がった。

刹那《せつな》、男の悲鳴があがった。

「半次……」

「はい」

半兵衛と半次は、悲鳴のした楓川沿いの道に駆け戻った。

行く手で提灯が燃え上がり、刀を振り上げている男の姿を照らしていた。その男の足元に倒れている人影が見えた。

「野郎、待ちやがれ」

半次は怒鳴り、十手を握り締めて猛然と走った。

半兵衛は続いた。

刀を振り上げていた男は、半次と半兵衛に気付いて素早く身を翻《ひるがえ》した。

着流しに総髪の侍だった。

「半次……」

半兵衛は、逃げた侍を追い掛けようとする半次を呼び止めた。

半次は、侍を追うのを止めて倒れている人影に駆け寄った。

倒れていたのは、綾部藩江戸上屋敷から出て来た大店の旦那と手代だった。

「大丈夫か……」

「は、はい。旦那さま……」

手代は、旦那を助け起こした。

旦那は、扇問屋『京扇堂』の主《あるじ》の彦右衛門だった。

「怪我はないか……」

半兵衛が駆け寄って来た。

「はい。どうやら大丈夫のようです」

半次が応じた。

「そいつは良かった」

半兵衛は安堵を浮かべた。

「手前は京橋で扇問屋京扇堂を営んでいる彦右衛門にございます。お陰さまで助かりました。ありがとうございました」

「いや、無事で何よりだ」

「はい。不躾《ぶしつけ》にはございますが、お役人さまは……」

彦右衛門は、怯えの滲《にじ》んだ眼で半兵衛を窺った。

「私は北町奉行所臨時廻り同心の白縫半兵衛。こっちは半次だ」

「北の御番所の白縫さまと半次の親分さんですか、本当にありがとうございました」

彦右衛門は深々と頭を下げた。

綾部藩江戸上屋敷などから人が出て来た。

「大騒ぎになる前に立ち去った方が良さそうだな」

「はい……」

彦右衛門は頷いた。

半兵衛と半次は、彦右衛門と手代を京橋の『京扇堂』に送って行く事にした。

扇問屋『京扇堂』は、京橋の南詰の新両替町《しんりょうがえちょう》一丁目にあった。

彦右衛門は、半兵衛と半次を座敷に招いて温かい茶を振る舞った。

「白縫さま、半次の親分さん、本当にありがとうございました」

彦右衛門は、半兵衛と半次に改めて礼を述べた。

「いや。それで彦右衛門さん、襲った侍に心当りは……」

半兵衛は、温かい茶をすすった。

桜が満開になる季節でも夜はそれなりに冷え、温かい茶は美味かった。

「それなのですが、皆目《かいもく》……」

彦右衛門は、白髪の混じった眉をひそめた。

「ありませんか、心当り……」

「はい……」

彦右衛門は頷いた。

「って事は、辻斬り強盗ですかね」

半次は睨んだ。

「うん。そうかもしれないね。処《ところ》で彦右衛門さん、今夜は綾部藩の江戸上屋敷に……」

「はい。御進物用の扇が御入り用だとかでお伺い致しました」

「そうですか……」

半兵衛は頷き、それとなく彦右衛門を窺った。

彦右衛門は、茶を飲みながら眉間《みけん》に険しさを滲ませた。

半兵衛は、微かな違和感を覚えた。

囲炉裏の火は、蒼白く燃え上がった。

「どう思う……」

半兵衛は、八丁堀北島町の組屋敷に帰り囲炉裏に粗朶を焼べながら半次に尋ねた。

「仁徳者で名高い彦右衛門の旦那です。恨みを買っての事じゃあなく、やはり金が目当ての辻強盗じゃありませんかね」

半次は告げた。

「そう思うか……」

半兵衛は眉をひそめた。

「あれ、違うんですか……」

半次は戸惑った。

「半次、私は彦右衛門が何だか気になってね」

半兵衛は眉をひそめた。

「はあ……」

「店に戻った彦右衛門だが、その顔に襲われた怯えより、険しさが漂っていてね」

「険しさですかい……」

「うん。襲った侍に対する怒りとでも云うのかな……」

「旦那、お言葉ですが、襲われた身にすりゃあ腹も立つし、怒って当たり前じゃあないでしょうか……」

「そりゃあそうなんだが、何か気になってね。すんなり辻強盗の仕業とは思えないのだ」

半兵衛は苦笑した。

「そうですか。じゃあ旦那、今夜の一件、ちょいと調べてみますか……」

「うん。彦右衛門と一緒にいた手代……」

「梅吉《うめきち》ですか……」

「うん。梅吉に襲った侍、どんな風だったか詳しく訊いてみてくれ」

「承知しました」

半次は頷いた。

仁徳者の『京扇堂』彦右衛門……。

半兵衛は、何故か素直に受け取る事は出来なかった。


桜の花びらは風に舞い散った。

半次は、京橋川に架かる京橋を渡り、新両替町一丁目にある扇問屋『京扇堂』に赴《おもむ》いた。

扇問屋『京扇堂』は、大名や旗本家御用達《ごようたし》の金看板を並べ、薄紫色の暖簾を揺らしていた。

「御免なすって……」

半次は、薄紫色の暖簾を潜った。

店内は華やかな扇で飾られ、番頭と手代たちが客の相手をしていた。

半次は、名と身分を告げて手代の梅吉を呼んで貰った。

扇は、扇骨の竹を加工する職人、漆《うるし》を掛ける職人、要《かなめ》を打つ職人、地紙を加工する職人、上絵を描く職人など、十三、四人の職人の手を経て出来上がり、舞扇、能扇、祝儀扇、茶扇など用途によって様々な種類がある。

向島での花見は、そうした職人たちと家族を慰労してのものだった。

「こりゃあ半次の親分さん、いらっしゃいませ。昨夜はお世話になりました」

手代の梅吉が奥から出て来た。

「やあ。昨夜、あれから変わった事はなかったかい……」

「はい。お陰さまで……」

「そいつは良かった。で、ちょいと訊きたい事があってね……」

半次は、梅吉を京橋の袂に呼び出した。


京橋川には桜の花びらが流れていた。

「あの、訊きたい事とは……」

梅吉は不安を過ぎらせた。

「昨夜、襲い掛かって来た侍、何か云わなかったかな」

「何か……」

梅吉は戸惑った。

「ああ。金を出せとか、刀の試し斬りにするとか……」

「いいえ。別に……」

梅吉は首を横に振った。

「金を出せとは云わなかったんだね」

半次は念を押した。

「はい……」

辻強盗が金を出せと云うとは限らない。黙って斬り棄てた後、金を奪い取る事もある。

「じゃあ昨夜の侍、本当に何も云わず、出逢うなり斬り掛かって来たんだね」

「いいえ。一度、擦れ違ってから……」

「一度擦れ違った……」

半次は眉をひそめた。

「そう云えば……」

梅吉は何かを思いだした。

「どうした」

「擦れ違う時、その侍、旦那さまの名前を呟いたような……」

梅吉は眉をひそめた。

「彦右衛門旦那の名前を……」

「はい。そして、追って来て旦那さまの前に立ちはだかって……」

「斬り掛かったのかい」

「はい。何も云わずに。でも、旦那さまが一瞬早く、手前に倒れ込んで……」

「刀を躱《かわ》したんだね」

「はい……」

梅吉は、昨夜の恐怖を思い出したのか身震いした。

襲い掛かった侍は、擦れ違った時に彦右衛門の名を呟いた。

それが事実ならば、侍は彦右衛門を知っていた。それは、彦右衛門も侍を知っているのかもしれないと云う事だ。

彦右衛門はそれを隠している。

半次は、半兵衛の睨みの鋭さに気付いた。

「その侍、今迄、京扇堂に来た事はないのかな……」

「さあ、手前の知る限りでは、ないと思いますが……」

梅吉は首を捻った。

「そうか。で、梅吉さん、侍、歳は幾つくらいだったかな」

「三十前の侍で、月代《さかやき》を伸ばしていましたから、浪人じゃあないでしょうか……」

「三十歳前の浪人……」

「はい」

「顔や風体に何か目立つようなものは……」

「さあ。背が高くて痩せていましたか。他にこれと云って目立つようなものはなかったかと思います」

梅吉は困惑した。

「そうか……」

夜道での一瞬の出来事であり、恐怖に震えた梅吉にそれ以上の期待は出来ない。

半次は、梅吉と別れて北町奉行所に向かった。

北町奉行所の甍は、春の陽差しに輝いていた。

半次は、顔見知りの門番に挨拶をして表門を潜った。

「半次……」

鶴次郎が、表門脇の腰掛けにいた。

「おう……」

「京橋の京扇堂に行ってきたのか……」

「昨夜の一件、半兵衛の旦那に聞いたのか」

「ああ。旦那、お待ち兼ねだぜ」

「そうか、じゃあ、ちょいと詰所に顔を出して来るぜ」

半次と鶴次郎は、半兵衛に手札を貰っている岡っ引であると共に白縫家の小者とされていた。

半兵衛は、半次と鶴次郎を従えて一石橋の袂の蕎麦屋に向かった。

二

一石橋の袂の蕎麦屋は掃除も終わり、店を開ける仕度に忙しかった。

「ちょいと早かったかな」

半兵衛は、蕎麦屋を覗いた。

「いいえ。どうぞ……」

蕎麦屋の亭主は、馴染みの半兵衛たちに笑顔を向けた。

「そうか、悪いな」

半兵衛は天麩羅《てんぷら》蕎麦を三つ頼み、半次と鶴次郎を伴って奥の小座敷にあがった。

「で、何か分かったかい……」

「はい。どうやら旦那の睨み通り、辻強盗じゃありませんね」

半次は告げた。

「そいつはどうしてだい……」

「襲い掛かった浪人、彦右衛門旦那たちと一度擦れ違っていましてね。その時、旦那の名前を呟いたそうです」

「ほう……」

半兵衛は、微かな笑みを浮かべた。

半次は、梅吉から聞いた事を半兵衛と鶴次郎に話した。

「成る程……」

「旦那、彦右衛門の旦那、斬り付けて来た浪人を本当は知っているのかもしれませんね」

鶴次郎は睨んだ。

「うん。背の高い痩せた浪人か……」

「はい。他にこれと云って目立つ処はないそうです」

「そうか……」

「どうします」

「よし。暫《しばら》く京扇堂彦右衛門を見張ってみるか……」

「じゃあ、そいつは面の割れていないあっしが……」

鶴次郎は身を乗り出した。

「よし。半次は京扇堂にその浪人が現れないかだ」

「はい。その浪人、きっと現れますよ」

鶴次郎は彦右衛門、半次は背の高い浪人……。

半兵衛は、二人の役目を決めた。

「だったら良いがな……」

「それにしても旦那。どうしてそれ程迄、彦右衛門旦那を……」

「そいつが仁徳者ってのが、妙に気になってね」

半兵衛は苦笑した。

「仁徳者ですか……」

鶴次郎は眉をひそめた。

「ああ……」

「そいつは胡散臭いや」

鶴次郎は、皮肉な笑みを浮かべた。

「おまちどおさまです」

蕎麦屋の亭主が、天麩羅蕎麦を持って来た。

「さあ、腹拵《はらごしら》えだ」

「頂きます」

半兵衛、半次、鶴次郎は、天麩羅蕎麦を食べ始めた。


扇問屋『京扇堂』の薄紫の暖簾は、春風に揺れていた。

鶴次郎と半次は、京橋の袂にある船宿『松葉屋《まつばや》』の二階の座敷を借り、『京扇堂』の見張り場所にした。

二階の座敷の窓からは、『京扇堂』の表が見通せた。

半次と鶴次郎は窓辺に寄り、彦右衛門が動くのと昨夜の浪人が現れるのを待った。

桜の花びらが一枚、春風に吹かれて窓から舞い込んだ。

「長閑《のどか》なもんだな……」

「ああ……」

往来を行き交う人々の足取りは、春の陽差しの明るさと温かさに軽かった。

扇問屋『京扇堂』は繁盛していた。

申《さる》の刻七つ（午後四時）が過ぎた頃、小僧が町駕籠を呼んで来た。

「彦右衛門、出掛けるのかもな……」

鶴次郎と半次は見守った。

彦右衛門が、風呂敷包みを担いだ手代の梅吉を従えて現れ、番頭たちに見送られて町駕籠に乗った。

「お供の手代、昨夜も一緒だった梅吉だぜ」

半次は告げた。

「梅吉か、じゃあな……」

鶴次郎は、船宿『松葉屋』の二階の座敷から出て行った。

彦右衛門の乗った町駕籠は、手代の梅吉を従えて京橋を渡って行った。

鶴次郎が現れ、緋牡丹の絵柄の半纏を翻して追った。

半次は見送った。そして、彦右衛門の乗った町駕籠の後を行く人々の中に背の高い痩せた浪人を捜した。だが、背の高い痩せた浪人はいなかった。

半次は見定め、扇問屋『京扇堂』の見張りを続けた。


彦右衛門の乗った町駕籠は梅吉を従え、日本橋の通りを北に進んだ。

鶴次郎は町駕籠を尾行しながら、周囲に痩せて背の高い浪人を捜した。

それらしき浪人はいなかった。

町駕籠は日本橋を渡って尚も進み、本銀町《ほんしろがねちょう》の辻を西に折れて外濠に向かった。

外濠に出た町駕籠は、鎌倉河岸沿いを進んで駿河台の武家屋敷街に入った。

出入りを許されている大名旗本家に商いに行くのか……。

鶴次郎は追った。

彦右衛門の乗った町駕籠は、武家屋敷街を進んだ。

扇問屋『京扇屋』彦右衛門は、どのような経歴の持ち主なのだ……。

半兵衛は、上司である吟味方与力《ぎんみかたよりき》の大久保忠左衛門が『京扇堂』の扇子《せんす》を愛用しているのを思い出した。

何か知っているかもしれない……。

半兵衛は、大久保忠左衛門の用部屋に赴いた。

大久保忠左衛門は、春だと云うのに手焙《てあぶ》りを抱え、胡散臭げに半兵衛を一瞥した。

「どうかしましたか……」

半兵衛は戸惑った。

「それは、儂《わし》の台詞《せりふ》だ。呼びもしないのに何しに参った」

忠左衛門は、白髪眉をひそめて筋張った細い首を伸ばした。

日頃、半兵衛は忠左衛門の無理難題から逃れようと、出来るだけ逢わないようにしていた。

「はあ。実はちょいとお伺いしたい事がありましてね」

半兵衛は苦笑した。

「伺い事だと……」

「はい」

「何だ……」

「新両替町の扇問屋京扇堂の主、彦右衛門ですが……」

「京扇堂の彦右衛門がどうかしたのか……」

忠左衛門は性急に遮った。

「江戸でも指折りの扇問屋を一代で築いたのは聞いておりますが、素性や商いの遣り方など、ご存知なら教えて頂きたくて……」

「半兵衛、彦右衛門の仁徳者としての評判は知っているな」

「ええ。そいつがどうにも気になりましてね」

「仁徳者の評判が気になる……」

忠左衛門は、細い首の筋を引き攣らせた。

「はい……」

半兵衛は、忠左衛門を厳しく見据えた。

忠左衛門は、半兵衛の厳しさに気圧《けお》された。

「半兵衛……」

忠左衛門は、音を鳴らして喉仏《のどぼとけ》を上下させた。

「京扇堂の彦右衛門は、行商の扇売りから商売を始めたそうだ」

「行商から始めて問屋ですか……」

半兵衛は戸惑った。

「うむ。そいつが彦右衛門の商い上手な処《ところ》でな。彦右衛門は、献残屋《けんざんや》で安い白扇を数多く仕入れて両国などの露店に並べ、名もない絵師を雇って客の注文する絵をその場で描かせて売ったそうだ」

「成る程、そいつが大当たりですか……」

半兵衛は、彦右衛門の眼の付け処に素直に感心した。

「左様。それから彦右衛門は、上野元黒門町にあった後家の営む扇屋の入り婿になり、少しずつ財を成し、新両替町にあった潰れ掛けた扇屋を居抜《いぬ》きで買い取って今の問屋にしたそうだ」

「上野元黒門町から新両替町ですか……」

「うむ。彦右衛門は今の己があるのは、安い給金で白扇に絵を描いてくれた名もない絵師を始めとした皆のお陰だと感謝し、扇職人たちは勿論、その日の暮らしに困っている者たちに施《ほどこ》しを始め、仁徳者と呼ばれるようになったと聞く……」

忠左衛門は、喉が渇いたのか茶をすすった。

「名もない絵師、上野元黒門町の扇屋の後家、それに新両替町の潰れ掛けた扇屋……」

半兵衛は、彦右衛門の今迄に大きな影響を与えたものを数えた。

それらの中に、彦右衛門を襲った浪人に拘《かか》わるものがある……。

半兵衛は眠んだ。

「そうですか、いろいろ良く分かりました」

「半兵衛、その方、何をする気だ……」

「そいつは、まだ何とも。御造作をお掛け致しました」

半兵衛は、忠左衛門に礼を述べて用部屋を後にした。

「待て、半兵衛。その方、彦右衛門を何とする気なのだ」

忠左衛門は嗄《しやが》れた声を張り上げ、激しく噎《む》せ返った。

半兵衛は、そのままの足で北町奉行所を出た。

先《ま》ずは名もない絵師……。

半兵衛は、両国広小路に向かった。

山城《やましろ》国淀《よど》藩稲葉《いなば》家の江戸上屋敷は静けさに包まれていた。

扇問屋『京扇堂』の彦右衛門が、手代の梅吉を伴って淀藩江戸上屋敷に入ってから四半刻が過ぎた。

鶴次郎は物陰から見守った。

彦右衛門は、淀藩江戸上屋敷に商いで来ただけなのかもしれない。

出て来てからどうするかだ……。

鶴次郎は、辛抱強く待つしかなかった。


両国広小路は、見世物小屋や露店が軒を連ね、大勢の見物客で賑わっていた。

彦右衛門は、両国などで露店を開いて扇子を売っていた。

半兵衛は、忠左衛門の言葉を思い出して、並ぶ露店を見て歩いた。

露店に扇屋はなかった。

半兵衛は、彦右衛門が露店で扇子を売っていた頃を知っている者を探した。だが、おそらく三十年も昔の事であり、知っている者がいるかどうかも分からない。

さあて、どうする……。

半兵衛は、両国橋の西詰に佇んで当時を調べる手立てを考えた。

「半兵衛の旦那……」

岡っ引の柳橋の弥平次が、半兵衛の背後に現れた。

「やあ。弥平次の親分か……」

「托鉢《たくはつ》をしていた雲海坊《うんかいぼう》が、旦那がいると報せて来ましてね」

弥平次の手先の雲海坊は、探索に付いていない時は両国橋の袂で托鉢をしている。

「そいつは騒がせたね」

半兵衛は苦笑した。

「いえ。で、何か……」

弥平次は、半兵衛が事件絡みで両国広小路に来たと読んでいた。

「うん。ちょいと両国広小路の昔の事を知りたくてね」

「広小路の昔の事ですか……」

弥平次は眉をひそめた。

「うん……」

「旦那、どのぐらい昔の事ですかい」

「三十年ぐらいかな」

「じゃあ、良く知っている者がいますよ」

弥平次は、小さな笑みを浮かべた。

「そうか、いるか……」

半兵衛は、その眼を輝かせた。


大川の流れには、向島で散った桜の花びらが揺れていた。

柳橋の船宿『笹舟』は、舟で向島の桜を見物しようと云う客で忙しかった。

弥平次は、半兵衛を座敷に案内して女将のおまきを呼んだ。

「笹舟は、おまきの親父さんが四十年程前に始めた船宿でしてね。その頃、おまきは十歳を過ぎたぐらいですか……」

両国広小路の三十年ぐらい前の事を知っている者は、『笹舟』の女将で弥平次の女房のおまきだった。

「そうか、女将か……」

半兵衛は気付いた。

「失礼します」

おまきがやって来た。

「やあ、女将、忙しい処、済まないね」

半兵衛は、三十年程前、両国広小路に扇売りがおり、絵師が白扇に客の望む絵を描いて売っていたのを知っているか尋ねた。

「ええ。いましたよ、そう云う扇売り……」

おまきは、事も無げに答えた。

「いたか……」

「はい。私も白扇に贔屓《ひいき》の役者の大首絵《おおくびえ》を描いて貰いましてね。良く覚えていますよ」

おまきは、懐かしげに微笑んだ。

「そいつは良い。で、女将、その時に白扇に絵を描いていた絵師、何処の誰か知っているかな」

「詳しくは存じませんが、確か浮世絵師の喜多川彦麿《きたがわひこまろ》のお弟子だったと聞いた覚えがあります」

「喜多川彦麿の弟子……」

「はい。ですが、大川に身投げして死んでしまいましてねえ」

「大川に身投げ……」

「ええ。何でも白扇に絵を描いて売っているのをお師匠さまに咎《とが》められ、破門されたのを苦にしての事だとか。子供心に気の毒だと思いましたよ」

おまきは眉をひそめた。

「ああ。そいつなら俺も噂を聞いた覚えがあるな」

弥平次は思い出した。

無名の絵師は、白扇に絵を描いていた為に破門されて身投げをしていた。

彦右衛門は、その絵師を土台にして己の身代《しんだい》を増やしたのだ。

半兵衛は、人の運、不運を感じずにはいられなかった。

「旦那。その絵師が何か……」

弥平次は眉をひそめた。

「う、うん。実はな親分、女将、その時の扇売りが、今や江戸でも指折りの扇問屋京扇堂の主の彦右衛門だと知っていたかい」

「彦右衛門ってあの仁徳者で名高い……」

弥平次とおまきは、思わず顔を見合わせた。

「うん。実はな親分、その彦右衛門、昨夜、浪人に襲われてな……」

半兵衛は、事の顚末《てんまつ》を詳しく話した。

「それで、彦右衛門を怨んでいる者ですか」

「うん。それに仁徳者ってのが、どうにも気になってね」

半兵衛は苦笑した。

「わかりました。身投げした絵師の素性と彦右衛門との拘わり、あっしたちが追ってみましょう」

「そうして貰えると、ありがたい」

「お任せを……」

弥平次は微笑んだ。

「おまき、幸吉《こうきち》と雲海坊を呼んでくれ」

「はい……」

女将のおまきは、座敷を出て行った。

「じゃあ、親分。私は彦右衛門が入り婿した上野元黒門町の扇屋に行ってみるよ」

半兵衛は、彦右衛門が入り婿になった扇屋の後家が気になった。

駿河台の淀藩江戸上屋敷を出た『京扇堂』彦右衛門は、手代の梅吉と別れて神田川に向かった。
梅吉は、神田川に向かって行く彦右衛門を心配げに見送った。
何処に行く……。
鶴次郎は、戸惑いながら彦右衛門を追った。
たった一人で動く……。
襲われたばかりの者にしては、良い度胸をしている……。
鶴次郎は感心した。
彦右衛門は、神田川に架かる昌平橋に差し掛かった。
鶴次郎の感心は、次第に疑問へと変わった。
昌平橋を渡った彦右衛門は、明神下の通りを不忍池に向かった。
鶴次郎は、彦右衛門の足取りに大店の旦那らしくない大胆さを見た。
只の大店の旦那じゃない……。
鶴次郎は、不意にそう感じた。そして、半兵衛が仁徳者に拘《こだわ》っていたのを思い出した。
彦右衛門は、不忍池の畔《ほとり》を進んだ。
不忍池は、舞い散る桜の花びらに彩られていた。

三

不忍池の畔には、舞い散る桜の花びらを楽しむ人々が散策していた。

扇問屋『京扇堂』彦右衛門は、不忍池の畔にある小体な料理屋に入った。

鶴次郎は見届けた。

小体な料理屋は、『鶴乃家《つるのや》』と書かれた暖簾を揺らしていた。

彦右衛門が囲っている女の店なのか……。

鶴次郎は、料理屋『鶴乃家』の表が見える茶店に入った。

「いらっしゃいませ」

茶店の老婆は、鶴次郎を迎えた。

鶴次郎は、縁台に腰掛けて茶を頼んだ。

料理屋『鶴乃家』は、客の出入りもなく静かだった。

「おまちどおさまです」

老婆が、鶴次郎に茶を持って来た。

「おう。婆さん、こいつは茶代だ」

鶴次郎は、老婆に小粒を渡した。

「只今、お釣りを……」

老婆は、釣り銭を取りに帳場に行こうとした。

「婆さん、釣りはいいぜ」

鶴次郎は笑った。

「えっ……」

老婆は戸惑った。

「その鶴乃家、旦那はいるのかな」

「はい。旦那さん、おりますよ」

老婆は、怪訝《けげん》な面持ちで答えた。

「どんな人だい」

「はあ。浪人さんですが……」

「浪人の旦那……」

鶴次郎は戸惑った。

「はい……」

老婆は頷いた。

「そうか。女将さんには、浪人の旦那がいるのか……」

料理屋『鶴乃家』の女将は、彦右衛門の妾《めかけ》ではなかった。

鶴次郎は茶をすすった。

彦右衛門は、不用心にも一人で料理屋『鶴乃家』に来た。

料理を食べに来た訳じゃない……。

鶴次郎の勘は囁いた。

何をしに来たのだ……。

鶴次郎は茶をすすり、彦右衛門が『鶴乃家』から出て来るのを待った。

風が吹き抜け、桜の花びらが舞い散った。


下谷広小路は花見客で賑わっていた。

半兵衛は、上野元黒門町の自身番を訪れた。

「後家さんが営んでいた扇屋ですか……」

自身番に詰めていた家主は、白髪混じりの眉をひそめた。

「うん。そしてその後家さん、入り婿を貰ったんだがね」

「白縫さま、その入り婿ってのは、京扇堂の彦右衛門さんじゃありませんか
……」

「うん。知っているか……」

「そりゃあもう。尤《もっと》もその頃の彦右衛門さんは、彦六《ひころく》と名乗っていましたがね」

「彦六か……」

「はい。彦六さんは何と云っても商売上手でしてね。扇子を買ってくれた客に売れ残っていた扇を只で配って、そいつが評判を呼んで大当たり。後家さんが細々とやっていた扇屋をあっと云う間に立て直したんですよ」

「凄いな……」

「ええ。彦六さん、それから商いを段々大きくしていったんですよ」

「彦六と後家さんとの仲はどうだったのかな」

「店を立て直して大きくしたんです。後家さんは、彦六さんに頼り切っていましたよ。ですが、ある日、突然に亡くなりましてね」

「亡くなった……」

半兵衛は眉をひそめた。

「はい。急な病で、呆気《あっけ》ないもんですよ」

家主は、後家さんに同情した。

「それで、彦六はどうした」

「はい。後家さんが急病で亡くなり、上野が嫌になったんでしょうね。新両替町の今の店を買って引っ越して行ったんですよ」

家主は、深々と吐息を洩らした。

「そうか……」

彦右衛門が入り婿になった扇屋の後家さんは、急な病で死んでいた。

名もない絵師に続き、後家さん迄……。

彦右衛門と深い拘わりのあった者は、二人とも既に死んでいた。

後家さんも不運な女だ……。

半兵衛は、後家さんを憐れんだ。そして、仁徳者と呼ばれている彦右衛門の陰に、哀しく死んでいった者たちがいるのを知った。

「後家さんの急な病ってのは、何だか覚えているかな」

「さあ、そこ迄は……」

「後家さんを診察した医者は……」

「北大門町《きただいもんちょう》の弦石《げんせき》先生だと思いますが、もう十年も前に……」

「死んでいるのかい」

「はい」

「そうか……」

後家さんの病死を探る手立ては、呆気なく切れた。

まるで彦右衛門の昔を隠すかのようだ……。

半兵衛は、不意にそう思った。

「その頃の彦右衛門に、妙な処は何もなかったのかな」

「妙な処ですか……」

家主は困惑を浮かべた。

「うん。何でもいいのだがな」

「一つだけ……」

「あったのかい」

「ま、妙な処と云いますか、後家さんが死んだ時、本当は殺されたんじゃあないかと……」

「殺された……」

半兵衛は、厳しさを滲ませた。

「噂です。そんな噂が立ちましてね。尤《もっと》も直ぐに消えましたが。ま、急死ってのは、いろいろ勘繰《かんぐ》らせますからね」

「うん。そうだねえ……」

半兵衛は、硬い面持ちで頷いた。

狭い自身番に西日が差し込み始めた。


桜の花びらは、夕陽に映える不忍池の水面に舞い散った。

鶴次郎は、小体な料理屋『鶴乃家』を見張り続けた。

『鶴乃家』には、武家や大店の隠居らしき客が訪れていた。

客は皆、馴染みらしく落ち着いた様子だった。

『鶴乃家』の格子戸が開き、彦右衛門が年増の女将に見送られて出て来た。

やっと出て来た……。

鶴次郎は、冷えた茶を飲み干した。

彦右衛門は、不忍池の畔を下谷広小路に向かった。

鶴次郎は尾行《つけ》ようとした。だが次の瞬間、素早く物陰に隠れた。

『鶴乃家』から初老の浪人が出て来た。

初老の浪人は、先を行く彦右衛門の周囲を鋭い眼差しで窺った。そして、不審な処はないと見定め、彦右衛門を追った。

「婆さん、あの浪人が鶴乃家の旦那かい」

鶴次郎は、茶店の奥にいた老婆に尋ねた。

老婆は店先に来て、初老の浪人を一瞥して頷いた。

「ええ。鶴乃家の旦那さんですよ」

「そうか。長々と邪魔をしたな」

鶴次郎は、初老の浪人を追った。

初老の浪人は、不忍池の畔を行く彦右衛門の後ろ姿を見据えて進んだ。

彦右衛門を襲う者を警戒している……。

鶴次郎は、初老の浪人の動きを読んだ。

彦右衛門は、初老の浪人に用心棒を頼んだのだ。それは、彦右衛門自身、再び襲われると思っている証だった。

鶴次郎は、彦右衛門と密かに警固する初老の浪人を追った。


日が暮れた。

扇問屋『京扇堂』は、暖簾を仕舞って大戸を閉め始めた。

半次は、斜向《はすむ》かいの船宿『松葉屋』の二階の座敷から『京扇堂』を見張り続けた。

　彦右衛門を襲った若い浪人は、『京扇堂』に現れてはいない。

　半次は、扇問屋『京扇堂』の周囲を厳しく見守った。

　日が暮れても、京橋の人通りは変わらなかった。

「お連れさまがお見えにございます」

　船宿『松葉屋』の仲居が、襖《ふすま》の外から声を掛けて来た。

「連れ……」

　半次は戸惑った。

　鶴次郎が戻って来たのなら、彦右衛門も帰っている筈だ。だが、手代の梅吉は戻ったが、彦右衛門はまだ帰ってはいない。

「御苦労だね」

　半兵衛が入って来た。

「こりゃあ旦那……」

「京扇堂を見張るには丁度良さそうだな」

　半兵衛は、『京扇堂』の周囲を見渡し、見張り場所に最適な処を探した。そして、船宿『松葉屋』の二階に眼を付けた。

半次と鶴次郎は松葉屋から見張っている……。

半兵衛はそう見定め、『松葉屋』を訪れた。

案の定、半次は二階の座敷にいた。

「はい。どうぞ……」

半次は、茶を淹《い》れて半兵衛に差し出した。

「昨夜の浪人、現れないか……」

半兵衛は、窓から『京扇堂』を眺めながら茶をすすった。

「はい。彦右衛門は出掛けまして、鶴次郎が追っています」

「そうか……」

「で、旦那の方は……」

「そいつなんだがね。いろいろ分かったよ」

半兵衛は、彦右衛門の過去を追い、分かった事を半次に教えた。

「絵師は身投げをし、後家さんは急な病でぽっくりですか……」

半次は眉をひそめた。

「うん……」

「二人とも、彦右衛門が世に出る恩人なのが気になりますね」

「その辺がすっきりしなくてね。ここの店を買った時にも何かあるのかもしれない」

半兵衛は、店仕舞いをした『京扇堂』を眺めた。

彦右衛門が、京橋を渡って来るのが見えた。

「半次……」

半兵衛は囁いた。

半次は、窓辺に寄った。

「一人か……」

半兵衛は、彦右衛門が一人で帰って来るのに戸惑った。

「お供の梅吉は先に帰って来ました」

「そうか……」

半兵衛は、厳しい面持ちで彦右衛門の周囲を見渡した。

命を狙われていると知りながら、一人で動き廻っているとは……。

半兵衛は眉をひそめた。

彦右衛門は、『京扇堂』に入った。

「一人で帰って来ましたね」

半次は困惑した。

「うん……」

半兵衛は頷いた。

京橋から来た初老の浪人が、『京扇堂』の前に立ち止まった。

「旦那……」

半次は、初老の浪人を見つめた。

「どうやら、一人じゃあなかったようだ」

彦右衛門の警固……。

半兵衛の勘が囁いた。

「はい……」

半次は、喉を鳴らして頷いた。

初老の浪人は、佇んだまま辺りを鋭く見廻した。

半兵衛と半次は、咄嗟《とっさ》に障子の陰に隠れた。

初老の浪人は、辺りに不審な者がいないと見定め、『京扇堂』の裏口に入って行った。

半兵衛は見送った。

「旦那……」

半次は、京橋の袂を示した。

京橋の袂に鶴次郎がいた。


酒は疲れた五体に染み渡った。

鶴次郎は、初老の浪人が『京扇堂』に入ったのを見届け、船宿『松葉屋』に戻って来た。そして、半兵衛と半次に彦右衛門の動きを告げた。

「不忍池の畔の料理屋の主か……」

半兵衛は猪口の酒をすすった。

「はい。昨夜の浪人が彦右衛門を襲いに現れるのを待っていたようです」

鶴次郎は告げた。

「腕に覚えがありそうだね」

「きっと……」

鶴次郎は頷いた。

「それにしても彦右衛門、襲われる覚えがあるようだな」

半兵衛は苦笑した。

「そいつはもう、間違いありませんよ」

鶴次郎は、嘲りを過ぎらせた。

「うん……」

半兵衛、半次、鶴次郎は、『京扇堂』を見張りながら分かった事を話し合った。

「旦那、鶴次郎……」

半次は、『京扇堂』を見つめながら囁いた。

「どうした」

「浪人が帰ります」

『京扇堂』の裏口から出て来た初老の浪人が、辺りの闇を鋭く窺って京橋に向かった。

「不忍池の畔の鶴乃家に戻るのかもしれませんが、追ってみますよ」

半次は窓辺から離れた。

「無理するんじゃあないぞ」

半兵衛は釘を刺した。

「承知……」

半次は、座敷から身軽に出て行った。

半兵衛と鶴次郎は、窓辺に寄って往来を見下ろした。

半次が、初老の浪人を追って京橋の闇に消えて行った。

「さあて鶴次郎。彦右衛門が此処に京扇堂を開いた時の様子、ちょいと訊いてみるか……」

半兵衛は、猪口の酒を飲み干した。


神田明神門前の盛り場は、酔客で賑わっていた。

初老の浪人は、不忍池の畔の料理屋『鶴乃家』に帰らず、神田明神門前の盛り場にやって来た。

何処に何をしに行くのだ……。

半次は、慎重に尾行した。

初老の浪人は、盛り場の外れにある居酒屋の暖簾を潜った。

居酒屋には人足や職人たちが出入りし、酔った男たちの賑やかな笑い声が洩れていた。

只の居酒屋だ……。

半次は、見定めて居酒屋に入った。

居酒屋は賑わっていた。

半次は、片隅に座って酒を頼み、初老の浪人を探した。

初老の浪人は、奥の小座敷で三人の浪人たちと酒を飲んでいた。

半次は、運ばれて来た酒をすすりながら初老の浪人たちを窺った。

初老の浪人たちは、真剣な面持ちで何事かを話し合っていた。

店の賑やかさは、初老の浪人たちの話の欠片《かけら》も掻き消していた。しかし、その様子は厳しさを窺わせた。

半次は、その厳しさに危ないものを感じた。

初老の浪人は、三人の浪人たちに切《き》り餅《もち》を差し出した。

切り餅は二十五両の包みだ。

浪人の頭分は、他の二人と嬉しげに顔を見合わせて切り餅を懐に入れた。

初老の浪人は、三人の浪人に二十五両の金を渡して何事かを頼んだのだ。

二十五両の頼みは人殺し……。

半次は睨んだ。

初老の浪人は、猪口の酒を飲み干して立ち上がった。

三人の浪人が続いた。

半次は、居酒屋の亭主に金を払って一足先に居酒屋を出た。
初老の浪人たちは、神田明神門前の盛り場から下谷広小路に向かった。
半次は、充分に距離を取って後を尾行た。
初老の浪人たちは、下谷広小路から山下《やました》を抜けて入谷《いりや》に進んだ。
行き先は入谷……。
半次は見定めた。
初老の浪人たちの狙う者は、入谷にいるのだ。
それは誰なのか……。
半次は、様々な思いを巡らせながら暗がり伝いに初老の浪人たちを追った。
初老の浪人たちは、鬼子母神《きしもじん》で名高い真源院《しんげんいん》の裏手に廻った。
裏手には、古い小さな長屋があった。
初老の浪人たちは、長屋の木戸に潜んで明かりの灯されている奥の家を窺った。
半次は、暗がりに潜んで見守った。
三人の浪人は、初老の浪人を木戸に残して長屋の奥の家に忍び寄り始めた。

奥の家の明かりは瞬いた。

四

長屋は静けさに包まれていた。
三人の浪人たちは、明かりの灯っている奥の家に忍び寄った。
初老の浪人は、木戸の陰から厳しい面持ちで見守った。
奥の家にいる者の命を狙っている……。
半次は、呼子笛《よぶこぶえ》を握り締めて喉を鳴らした。
三人の浪人たちは、奥の家の腰高障子の左右に張り付いて刀を抜き払った。
刹那、奥の家の明かりが消えた。
三人の浪人たちは、腰高障子を蹴破って猛然と斬り込んだ。
男の怒号があがり、刃の咬《か》み合う音が甲高く響いた。
初老の浪人は、不満げに眉をひそめた。
連なる長屋の家々から、住人たちの覗く気配がした。
四人の浪人が白刃《はくじん》を閃かし、奥の家から激しく縺《もつ》れ合いながら出て来た。
斬り込んだ三人の浪人と斬り合う男は、彦右衛門を襲った痩せた背の高い浪人だった。
初老の浪人が狙った奥の家の住人は、彦右衛門に斬り付けた痩せた背の高い浪人……。
半次は知った。
痩せた背の高い浪人は、斬り込んだ三人の浪人の一人を斬った。
刹那、背後に廻った頭分の浪人が、痩せた背の高い浪人に袈裟懸けの一刀を浴びせた。
痩せた背の高い浪人は、大きく仰け反った。
拙《まず》い……。
半次は、慌てて呼子笛を吹き鳴らし、火事だと大声で叫んだ。
人は、〃人殺し〃と聞けば身を縮め、〃火事だ〃と聞けば飛び出して来る。
半次は、呼子笛を吹き鳴らし、火事だと怒鳴り続けた。
初老の浪人は、木戸から素早く逃げ去った。
三人の浪人は、斬られた者を助けながら続いた。
痩せた背の高い浪人は、肩で激しく息をしながら膝を着き、前のめりに崩れた。

半次は駆け寄った。

痩せた背の高い浪人は、袈裟懸けに斬られた背中から血を流し、意識を失っていた。

「医者だ。誰か医者を呼んでくれ」

半次は、恐ろしげに家から出て来た長屋の住人たちに頼んだ。


「京扇堂になる前ですか……」

船宿『松葉屋』の主の源七《げんしち》は、戸惑いを浮かべた。

「うん。勿論、気が付いていたと思うが、私たちは京扇堂の彦右衛門をちょいと調べていてね」

「は、はい。それはもう。ですが白縫さま、彦右衛門さんは職人や奉公人を大事にし、暮らしに困っている人たちに施しをする仁徳者。お上の手を煩《わずら》わせるような事は……」

源七は眉をひそめた。

「うん。そいつがいろいろあってね」

半兵衛は言葉を濁した。

「そうですか……」

「うん。で、源七、彦右衛門が京扇堂を開く前も、此処には扇屋があったんだね」

半兵衛は続けた。

「はい。春風堂《しゅんぷうどう》って店が……」

「その春風堂、潰れ掛けていたと聞いたが、商いそんなに酷かったのかい」

「大昔の事なので、手前も良く覚えていませんが、確か旦那の吉五郎《きちごろう》さん、博奕で借金を作って身代を傾けたと……」

「博奕か……」

「はい。京扇堂の彦右衛門さんも、随分止めたそうですが、もうどうしようもなかったそうですよ」

「彦右衛門が……」

半兵衛は眉をひそめた。

「はい」

「って事は、彦右衛門旦那は吉五郎旦那と知り合いだったんですかい」

鶴次郎は戸惑った。

「そうなるな……」

半兵衛は、厳しさを過ぎらせた。

「それで吉五郎さん、親の代からの店を博奕で潰す羽目になったと悔やみ、京橋川に身投げをしたんです」

源七は、沈痛な面持ちで告げた。

「身投げ……」

半兵衛は、大川に身投げをした絵師を思い出した。

潰れた扇屋『春風堂』の主の吉五郎は、絵師同様に身投げをして死んでいた。

「旦那、こいつは絵師と……」

鶴次郎は眉をひそめた。

「うん……」

半兵衛は、厳しさを滲ませた。

「そうか、春風堂の吉五郎、京橋川に身投げをしたのか……」

「はい。身から出た錆《さび》とは云え、気の毒な話ですよ」

源七は、吉五郎に同情した。

「それで、彦右衛門が潰れ掛けた春風堂を買い取ったのか……」

「買い取ったと云うより、博奕の借金の肩代わりをして、お内儀さんたちに纏《まと》まったお金を渡したとか……」

源七は告げた。

「そうか……」

絵師や後家に続き、吉五郎も身を投げて自害をしていた。

彦右衛門と大きな拘わりを持った者は、三人とも不運な死を遂げている。

半兵衛は、仁徳者と名高い彦右衛門に得体の知れないものが潜んでいるのを感じた。

階段を駆け上ってくる足音がした。

「白縫さま……」

女将が、襖の向こうの廊下から半兵衛を呼んだ。

「なんだい」

「下谷御切手町《したやおきってまち》の自身番の方がお見えにございます」

女将は告げた。

「御切手町の自身番……」

半兵衛は眉をひそめた。

「旦那、半次の使いかもしれません」

鶴次郎は睨んだ。

「うん」

半兵衛は立ち上がった。


半兵衛は、下谷御切手町の自身番の番人と共に入谷に向かった。

自身番の番人は、半次に頼まれて半兵衛に報せに来た。

昨夜、彦右衛門を襲った痩せた背の高い浪人が、初老の浪人たちに斬られた……。

半兵衛は、半次からの報せを聞き、彦右衛門の見張りを鶴次郎に任せて入谷に急いだ。


痩せた背の高い浪人の背中の傷は深手だった。

医者は、額に汗を滲ませて手当てを終えた。

「先生、助かりますか……」

半次は、浪人の容態を尋ねた。

「何とも云えぬな……」

医者は、眉をひそめて首を捻った。

浪人の意識は混濁し、苦しげに息を鳴らすばかりだった。

半次は、浪人の名と素性を調べた。

痩せた背の高い浪人の名は荒井敬之助《あらいけいのすけ》、歳は三十歳であり、口入屋《くちいれや》から仕事を周旋して貰って暮らしていた。

荒井は、親の代迄は直参旗本だったと云っているが、事実かどうかは定かではなかった。

いずれにしろ荒井敬之助は、親兄弟のいない貧乏浪人だった。

その荒井敬之助が、どうして彦右衛門に斬り付け、初老の浪人たちに襲われたのか……。

半次は、荒井から聞き出そうとした。だが、荒井の意識は混濁したままであり、要領を得なかった。

「半次……」

半兵衛が、自身番の番人に案内されてやって来た。

「旦那……」

半兵衛は、荒井敬之助の顔を覗き込んだ。

「どうなんだ」

「危ないそうです」

「そうか……」

半次は、半兵衛に浪人の名と素性を告げた。

「荒井敬之助、親の代迄は直参旗本か……」

「はい。本当かどうか分かりませんがね」

「うん。荒井、聞こえるか、荒井……」

半兵衛は、荒井に呼び掛けた。

荒井は微かに呻《うめ》いた。

「荒井、昨夜、何故に京扇堂の彦右衛門に斬り付けたのだ」

「ち、父の……」

荒井は、呻くように洩らした。

「父がどうしたのだ」

半兵衛は、話の続きを促した。だが、荒井は、再び意識を混濁させた。

「旦那……」

「うん……」

半兵衛は眉をひそめた。

「ずっとこの調子でして……」

「そうか。で、荒井を斬ったのは、鶴乃家の主の浪人か……」

「いいえ。鶴乃家の主が、神田明神門前の居酒屋で三人の浪人を金で雇いましてね。そいつらが踏み込んで……」

「浪人を金で雇ったのか……」

「はい」

「って事は、彦右衛門は昨夜斬り掛かって来たのが荒井敬之助と気付き、鶴乃家の主に浪人を雇わせて襲ったか……」

半兵衛は読んだ。

「成る程……」

半次は、半兵衛の睨みに頷いた。

「それにしても分からないのは、荒井が何故に彦右衛門に斬り付けたかだ」

半兵衛は、吐息混じりに荒井を見た。

荒井は、苦しげに息を鳴らして呻くばかりだった。

「父親、絡んでいるんでしょうか……」

半次は眉をひそめた。

「おそらくな……」

半兵衛は頷いた。

だが、彦右衛門の過去に直参旗本は絡んでいない。

荒井敬之助は、彦右衛門と絡んで不運な死を遂げた絵師、後家、春風堂の吉五郎たち三人の誰かと拘わりがあるのかもしれない。

半兵衛は、意識の混濁している荒井を見守るしかなかった。


夜明け前、荒井敬之助は意識を混濁させたまま絶命した。

半兵衛と半次は、手を合わすしかなかった。

荒井が彦右衛門を襲った理由は、父親が絡んでいるとしか分からなかった。

「旦那……」

「半次、不忍池の鶴乃家の浪人だ。名と素性を突き止め、鶴乃家にいるかどうか急ぎ調べてくれ」

「承知しました」

半次は、入谷から不忍池に急いだ。

半兵衛は、荒井の弔《とむら》いを長屋の大家と町役人たちに任せ、新両替町の船宿『松葉屋』に戻った。


不忍池には桜の花びらが舞っていた。

半次は、池之端仲町《いけのはたなかちよう》の自身番を訪れ、料理屋『鶴乃家』の事を尋ねた。

「鶴乃家は、二十年程前に暖簾を掲げた店でね。旦那は、森山庄九郎《もりやましようくろう》って浪人さんだよ」

自身番の店番は、町内の名簿も見ずに教えてくれた。

「森山庄九郎さんか。浪人が料理屋の旦那ってのも珍しいね」

「ああ。尤も料理屋を仕切っているのは、お仙《せん》って女将さんだけどね」

「お仙さんか、贔屓客も多いそうだし、遣手《やりて》なんだね」

「女将さん、芸者あがりだからね。客種《きやくだね》は良いようだよ」

「芸者あがりか……」

「ああ。ま、浪人の旦那がしゃしゃり出ないで、女将さんに任せて奥に引っ込んでいるのがいいのかもな」

店番は笑った。

初老の浪人の名は森山庄九郎。

森山庄九郎は、『鶴乃家』を女将のお仙に任せて滅多に店に現れなかった。

「じゃあ、旦那の事は良く分からないか……」

「ああ……」

自身番の店番は頷いた。

半次は、森山庄九郎が隠れ暮らしているように思えた。

半次は、自身番を後にして料理屋『鶴乃家』に向かった。


料理屋『鶴乃家』は、昼の客が出入りしていた。

半次は、『鶴乃家』の様子を窺った。

変わった様子はない……。

女将のお仙は、来た客を迎え、帰る客を見送り、忙しく働いていた。しかし、旦那の森山庄九郎が、店に姿を見せる事はなかった。

まさか、いないんじゃあ……。

不意に不安が半次を襲った。

半次は、森山庄九郎がいるかいないか確かめようとした。

扇問屋『京扇堂』は、薄紫色の暖簾を揺らしていた。

「死にましたか、彦右衛門に斬り付けた浪人……」

鶴次郎は眉をひそめた。

「うん。荒井敬之助と云ってね。何故、彦右衛門に斬り付けたかは云わず仕舞いだったよ」

半兵衛は、残念そうに茶をすすった。

「そうですか。で、どうします、鶴乃家の浪人は……」

「名前と素性が分かり次第、捕らえる」

「そうですか……」

外から経を読む声が聞こえた。

「あの声は……」

鶴次郎は、窓辺に寄って往来を眺めた。

托鉢坊主が、京橋の袂に佇んで経を読んでいた。そして、その傍らに弥平次がいた。

「旦那、雲海坊と弥平次の親分です」

「大川に身投げした絵師の事が分かったのかな……」

「呼んで来ます」

「うん……」

鶴次郎は、緋牡丹の絵柄の半纏を翻して二階の座敷を出て行った。

半兵衛は、茶を淹れる仕度を始めた。


弥平次は、雲海坊を京橋の袂に残し、半兵衛のいる船宿『松葉屋』の二階の座敷にあがって来た。

「やあ、親分……」

「御苦労さまです」

「絵師について何か分かったかい」

半兵衛は、弥平次に茶を淹れて差し出した。

「こいつは畏れいります」

弥平次は恐縮した。

「それで、大川に身を投げた絵師ですが、師匠の喜多川彦麿は既に亡くなっておりまして、お弟子の方々を捜して聞いた処、喜多川春斎《きたがわしゅんさい》だと分かりました」

「喜多川春斎……」

「はい。師匠に内緒で扇絵を描いて金を稼ぎ、破門されて大川に身を投げた……」

喜多川春斎の死の経緯《いきさつ》は、白扇に客の望む絵を描いていた名もない絵師と同じだった。

「間違いないね」

半兵衛は念を押した。

「はい……」

「で、その喜多川春斎の本名と素性は……」

「そいつが、二百石取りの直参旗本家の部屋住みでしてね」

「旗本の部屋住み……」

半兵衛は眉をひそめた。

「はい。名は荒井又四郎《またしろう》……」

弥平次は告げた。

「荒井……」

なのを知った。

半兵衛は、身投げをした絵師の本名が、夜明け前に死んだ荒井敬之助と同じ姓

「旦那……」

鶴次郎は緊張した。

「そうか、荒井又四郎か……」

半兵衛は、思わず吐息を洩らした。

旗本の部屋住みの荒井又四郎は、他家の養子になる口もなく絵師を志し、浮世絵師喜多川彦麿の弟子になったのだ。

「はい。何か……」

「彦右衛門に斬り付けた浪人、昨夜、斬られて死んでね」

「彦右衛門を襲った浪人が……」

弥平次は眉をひそめた。

「うん。その浪人、荒井敬之助って名前だったよ」

半兵衛は告げた。

「荒井……」

弥平次は困惑した。

「うん。親分、荒井又四郎に女房子供はいなかったのかな」

「じゃあ旦那……」

「ひょっとしたら、荒井敬之助は荒井又四郎の倅《せがれ》なのかもしれない……」

半兵衛は睨んだ。

「もし、そうだとしたら……」

弥平次と鶴次郎は身を乗り出した。

「荒井敬之助は、彦右衛門に斬り付けたのは、父に拘わりがあると言い掛けた。もしかしたら、喜多川春斎は身投げしたのではないのかもしれない」

半兵衛の眼は鋭く輝いた。

荒井敬之助は、父親の身投げに彦右衛門の企みが潜んでいると知り、斬り付けたのだ。

「分かりました。荒井又四郎に女房子供がいたかどうか、急いで調べてみます」

「頼む……」

弥平次は、慌ただしく出て行った。

仁徳者と呼ばれる彦右衛門の正体が、ようやく闇の中から浮かび始めた。

「よし……」

半兵衛は、刀を手にして立ち上がった。

「旦那……」

鶴次郎は、半兵衛を見上げた。

「鶴乃家の主の浪人をお縄にし、京扇堂彦右衛門の本当の姿を吐かせてやる」

半兵衛は笑った。


森山庄九郎は、料理屋『鶴乃家』の離れ家にいる……。

半次は、『鶴乃家』の台所女中に金を握らせ、旦那の森山庄九郎の居場所を突き止めた。

森山庄九郎が離れ家にいるのは、普段からの事だった。

半次は、『鶴乃家』の見張りを続けた。

半兵衛が、桜の花びらの舞う不忍池の畔をやって来た。

「旦那……」

「鶴乃家の主の浪人の名、分かったか……」

「はい。森山庄九郎です」

「森山庄九郎、いるね……」

「離れに……」

「よし。荒井敬之助を殺した罪でお縄にする」

半兵衛は、料理屋『鶴乃家』に向かった。

半次は続いた。


半兵衛は、半次を伴って料理屋『鶴乃家』にあがった。

女将のお仙は、半兵衛と半次を座敷に案内した。

「女将、鶴乃家には離れがあるのかい」

半兵衛は、座敷の前でお仙に尋ねた。

「はい。ございますが、今は……」

女将のお仙は眉をひそめた。

「離れ、何処だい」

半兵衛は遮った。

「は、はい。この庭の向こうに……」

お仙は、桜の花びらの舞い散る庭の奥に見える建物を示した。

「分かった」

次の瞬間、半兵衛はお仙を当て落とした。
お仙は、驚いたように眼を丸くして気を失った。
半次は、倒れるお仙を抱き留めて座敷に寝かせた。
半兵衛は、半次を伴って離れ家に向かった。

桜の花びらは音もなく散り、離れ家は静けさに包まれていた。
半兵衛は、歩調を変えず離れ家に進んだ。
離れ家の座敷に人の気配が揺れた。
半兵衛は構わずに進み、離れ家の座敷の障子を開けた。
刀の閃きが半兵衛を襲った。
半兵衛は咄嗟に躱し、閉まっている障子を突き破って座敷に踏み込んだ。
森山庄九郎は、障子を突き破って現れた半兵衛に戸惑った。
刹那、半兵衛は僅かに腰を沈め、刀を抜き打ちに一閃した。
森山の腕から血が飛び、刀が畳に落ちた。
田宮流抜刀術の鮮やかな一刀だった。
半兵衛は、怯んだ森山に刀を突き付けた。

「森山庄九郎、浪人荒井敬之助を襲った罪でお縄にするよ」

半次は、森山に素早く縄を打った。

「下郎、無礼な真似をするな」

森山は、怒鳴って抗《あらが》った。

「煩《うる》せえ。神妙にしやがれ」

半次は、森山を十手で殴り飛ばした。

「森山、京扇堂彦右衛門と結託しての長年の悪事の数々、先ずは喜多川春斎の身投げに見せ掛けての殺しから話して貰おうか……」

半兵衛は、笑顔で鎌を掛けた。

森山の顔色が変わった。

半兵衛は見届けた。

絵師の喜多川春斎の身投げ、後家の病死、『春風堂』吉五郎の身投げ……。

三人の不運な死は、彦右衛門と森山庄九郎によって行われた事なのだ。

半兵衛は確信した。

桜の花びらは舞い散り続けた。

半兵衛は、森山庄九郎を大番屋に叩き込み、荒井敬之助を斬った三人の浪人をその日の内に捕縛した。

弥平次は、喜多川春斎こと荒井又四郎に妻と生まれたばかりの男の子がいたのを突き止めた。その男の子が、荒井敬之助なのは間違いなかった。


大番屋は、桜の散る季節になっても底冷えが激しかった。

半兵衛は、森山庄九郎を詮議場に引き据えて厳しく尋問をした。

「森山庄九郎、荒井敬之助を殺した罪は明白。誰かに義理立てしての隠し立ては、何もかも一人で背負って土壇場《どたんば》に行く羽目になるよ」

半兵衛は笑った。

「悪党は彦右衛門だ。金で雇われた俺だけが仕置されてたまるか……」

森山庄九郎は、腹立たしげに吐き棄て、何もかも白状した。

その昔、喜多川春斎は師匠に破門されて酒浸りになり、彦右衛門に扇絵の手間賃を上げるように要求した。

喜多川春斎は、彦右衛門にとって質《たち》の悪い邪魔者になった。

彦右衛門は、森山庄九郎を金で雇って春斎を殺し、身投げに見せ掛けた。そして、上野元黒門町の後家に毒を盛って病死とし、扇屋を我が物にした。その後、彦右衛門は新両替町の扇屋『春風堂』を狙い、主の吉五郎を博奕に誘い込んで借金を作らせ、森山に命じて殺したのだ。

彦右衛門は、そうした悪事が露見しないように仁徳者として振る舞った。

森山庄九郎は、彦右衛門の悪巧みに荷担して得た報酬で料理屋『鶴乃家』を作り、主に納まった。

喜多川春斎こと荒井又四郎の妻は、子の敬之助が元服《げんぷく》した時、夫の不審な死を告げた。敬之助は、彦右衛門の身辺を探り始めた。

彦右衛門は、それを知って苛立ち焦った。

敬之助は、偶然に擦れ違った彦右衛門に斬り付けた。

彦右衛門は、森山と相談して荒井敬之助に刺客を送ったのだ。

半兵衛は、扇問屋『京扇堂』彦右衛門をお縄にし、その悪事を天下に明らかにした。

彦右衛門の仁徳者の仮面は崩れ落ちた。

半兵衛は、荒井敬之助が彦右衛門を殺そうとした事実を不問に付した。

「死人に罪は問えませんからね」

半次と鶴次郎は笑った。

「それもあるが、肝心なのは彦右衛門の仁徳者の仮面を剝ぎ取り、悪党の本性を突き止める事だ。それが叶えば、私たちが知らなくてもいい事には知らん顔をする迄だ」

世の中には、町奉行所の同心が知らない方が良い事もあるように、世間の人たちが知らない方が良い事もある……。

半兵衛は、悪戯《いたずら》っ子《こ》のように笑った。


桜の花びらは散り続け、花見の季節は終わった。

第四話　噂の女

一

女は粋《いき》な着物を纏《まと》い、仄《ほの》かな笑みを浮かべて往来をやって来た。

左右に並んでいるお店《たな》の者たちは、やって来る女に気付いて囁《ささや》き合った。

女はお店者たちに微笑《ほほえ》み掛け、伽羅《きゃら》の香りを漂わせ通り過ぎて行った。

湯島天神の境内《けいだい》には、初夏の風が爽やかに吹き抜けていた。

半兵衛は、半次と共に茶店の縁台に腰掛けて茶を飲んでいた。

「良い季節になりましたね」

半次は、行き交う参拝客に眼を細めた。

「うん……」

半兵衛は頷《うなず》き、刀の鞘《さや》から笄《こうがい》を抜いて鬢《びん》を掻いた。

今朝、廻り髪結の房吉が結ってくれた鬢の毛は解《ほつ》れ、初夏の風に揺れた。

伽羅の香りが漂った。

半兵衛は、香りのする風上を見た。

粋な着物を纏った女が、微笑みながら半兵衛に会釈をして拝殿に向かって行った。

半兵衛は、思わず会釈を返した。

「ご存知なんですか……」

半次は戸惑った。

「いいや……」

半兵衛は茶を飲んだ。

「そうですか……」

半次は苦笑した。

「半次は知っているのか……」

「はい。妻恋町《つまごいちょう》のおもとって女でしてね」

「おもとね……」

半兵衛は拝殿を眺めた。

手を合わせているおもとの姿が見えた。

「ええ……」

「おもと、どうかしたのかい」

「拘《かか》わる男のみんなが、どうにかなっちまうって専《もっぱ》らの噂の女ですよ」

「どうにかなる……」

半兵衛は眉をひそめた。

「ええ。商いで失敗したり、酒に酔って川に落ちて溺れ死んだり……」

半次は声を潜《ひそ》めた。

「しかし、そいつが全部おもとの所為《せい》とは云えないだろう」

半兵衛は苦笑した。

「そりゃあそうですが、おもとと拘わった奴は、みんなどうにかなってんですよ」

半次は眉をひそめた。

参拝を終えたおもとは、半兵衛たちのいる茶店にやって来た。

「おじさん、お茶を下さいな」

「へい。只今《ただいま》……」

おもとは、茶店の老爺に茶を注文して縁台の端に腰掛け、半兵衛たちに笑顔で会釈をした。

「お邪魔します」

伽羅の香りが仄かに漂った。

「やあ……」

半兵衛は頷いた。

「じゃあ旦那、そろそろ行きますか……」

半次は、腰を浮かした。

「そうだな」

半兵衛は、老爺に茶代を払って半次と共に茶店を出た。

若い武士が、参道を足早にやって来て半兵衛たちと擦れ違った。

「新十郎《しんじゅうろう》さま……」

おもとの明るく弾んだ声がした。

半兵衛と半次は、思わず振り向いた。

「待ったか、おもと……」

新十郎と呼ばれた若い武士は、茶店にいるおもとに近寄った。

「いいえ。私も今、来たばかりです」

おもとは、科《しな》を作って微笑んだ。

「そうか……」

新十郎とおもとは、手を取り合わんばかりに縁台に腰掛けた。

半次は、呆れたように吐息を洩らした。

「行くよ、半次……」

半兵衛は、苦笑しながら鳥居に向かった。

「は、はい……」

半次は、慌てて半兵衛に続いた。

「新十郎ってお侍、知らないんですかね、おもとの噂……」

半次は首を捻った。

「半次、噂は噂だ……」

半兵衛は、湯島天神を出て明神下の通りに向かった。

春の陽差しは、組屋敷の中に柔らかく溢れた。

半兵衛は縁側に座り、廻り髪結の房吉の日髪日剃《ひがみひぞり》を受けていた。

房吉は、半兵衛の月代《さかやき》を剃り始めた。

月代を剃る剃刀《かみそり》の感触は心地良く、半兵衛は眼を瞑《つむ》った。

「おはようございます。旦那、房吉の兄貴……」

半次が庭先に現れた。

「やあ、半次……」

房吉は、半兵衛の月代を剃る手を止めずに応じた。

「今朝はちょいと早いな……」

半兵衛は、瞑っていた眼を開けた。

「はい。昌平橋の船着場に土左衛門《どざえもん》があがったそうです」

半次は報せた。

「土左衛門……」

「はい」

「房吉、済まないが手早く頼むよ」

「承知しました」

「じゃあ旦那、あっしはお先に……」

「うん。すぐに行くよ」

「はい」

半次は、足早に庭先から立ち去った。

「今日も忙しくなりそうですね」

「三廻りの同心なんぞ、暇なのが一番なんだがな」

半兵衛は苦笑した。

〝三廻りの同心〟とは、〝定町廻り〟〝臨時廻り〟〝隠密廻り〟の捕物・事件を扱う同心を指した。

「まったくで……」

房吉は、仕事を急いだ。

半兵衛は、房吉の日髪日剃が終わるのを待った。


神田川の流れは眩しかった。

半兵衛は、神田八《や》ツ小路《こうじ》を抜けて昌平橋に向かった。

「旦那……」

半次が駆け寄って来た。

「おう。仏さんは何処《どこ》だい」

「こちらです」

半次は、半兵衛を船着場に案内した。

船着場には、土左衛門が横たえられていた。

「御苦労さまです。半兵衛の旦那……」

岡っ引の柳橋の弥平次が、手先で船頭の勇次を従えて半兵衛を迎えた。

「やあ、弥平次の親分。勇次、御苦労だね」

両国広小路の傍の柳橋は、昌平橋と遠くはない。

弥平次は逸早《いちはや》く駆け付け、下っ引の幸吉や手先の雲海坊たちに土左衛門の身許と足取りを追わせていた。

「じゃあ旦那……」

半次は、土左衛門に掛けられた筵《むしろ》を捲《めく》った。

「こいつは……」

半兵衛は眉をひそめた。

「やはり旦那も……」

土左衛門は、青黒く浮腫《むく》んだ顔をした若い武士だった。

「うん。新十郎さんだな……」

「あっしもそう思います」

半次は、喉を鳴らして頷いた。

土左衛門は、湯島天神でおもとと逢っていた新十郎と云う名の若い武士だった。

「やはり、ご存知のお侍ですか……」

弥平次は、半兵衛に尋ねた。

「知り合いと云うより、見掛けたと云う程度でね」

「弥平次の親分、妻恋町のおもとをご存知ですか……」

「うん。噂だけはな……」

「仏さん、昨日の昼、湯島天神の茶店でそのおもとと逢っていたんですよ」

半次は告げた。

「おもとと……」

弥平次は眉をひそめた。

「ええ。仏さん、おもとに新十郎さんと呼ばれていましてね」

「新十郎さんか……」

「ええ……」

半次は頷いた。

「で、親分、半次、仏さん、土左衛門に間違いないのかい」

「はい。身体の何処にも傷や痣はないし、随分水を飲んでいましてね。溺れ死んだのに間違いはないと思いますが……」

「どうして神田川に落ちて溺れたかだね」

半兵衛は、弥平次の腹の内を読んだ。

「ええ。昌平橋から水道橋に掛けての神田川の岸辺を調べているのですがね。今の処《ところ》、争った痕《あと》や人が落ちた痕は見つかっちゃあおりません」

弥平次は眉をひそめた。

「自分から飛び込んだのか、誤って落ちたのか、それとも誰かに突き落とされたのか……」

半兵衛は、思いを巡らせた。

「それによって、誤っての事か殺しか、扱いが変わりますか……」

弥平次は頷いた。

「うん。とにかく半次、妻恋町のおもとに新十郎さんの身許を訊くんだね」

「はい」

半次は頷いた。

「勇次、半次と一緒に行きな」

「合点です」

半次は、勇次と共に妻恋町に向かった。

「じゃあ旦那、仏さんを寺に運びますよ」

弥平次は告げた。

「うん。そうしてくれ」

弥平次は、自身番が雇った人足たちと新十郎の死体を寺に運ぶように告げた。

人足たちは、新十郎の死体を戸板に乗せて近くの寺に運んで行った。

「処《ところ》で親分、おもとだけどね。どんな噂を聞いているんだい」

「旦那、そいつは笹舟でゆっくりと……」

「そうか……」

半兵衛と弥平次は、神田川沿いの道を柳橋に向かった。

神田川には水鳥が遊び、水飛沫《みずしぶき》が煌めいた。

妻恋町の片隅におもとの家はあった。

おもとの家は、板塀に囲まれた仕舞屋《しもたや》だった。

「此処《ここ》か……」

半次は、仕舞屋を見上げた。

「ええ。おもとは飯炊き婆さんを雇い、二人で暮らしているそうですよ」

勇次は告げた。

「詳しいんだな」

半次は苦笑した。

「噂、いろいろ聞いているもので……」

勇次は、照れたように笑った。

おもとは、神田界隈の若い男たちに聞こえた存在のようだった。

「それにしても、あの若さで板塀を廻した仕舞屋暮らしか……」

半次は感心した。

「この家は、以前おもとを囲っていた大店の隠居が残してくれたものだそうですよ」

「その隠居、死んだのかい」

「はい。噂じゃあ、おもとを抱いている最中に心の臓が止まったとか。ま、噂ですから本当かどうかは分かりませんがね」

勇次は苦笑した。

「とにかく、おもとに逢ってみよう」

半次は、板塀の木戸を潜って仕舞屋の格子戸を叩いた。

仕舞屋から女の明るく弾んだ返事がした。

おもとの声だった。


「どうぞ……」

おもとは、微笑みながら縁側に腰掛けた半次と勇次に茶を差し出した。

「頂くよ……」

半次は茶をすすった。

「それで親分さん、御用とは……」

おもとは微笑みを浮かべ、小首を傾《かし》げるように半次の顔を覗き込んだ。

大きな眼が輝き、伽羅の香りが漂った。

半次は戸惑った。そして、おもとが新十郎の死を知らないのが分かった。

「そいつなんだがね。昨日、湯島天神で逢っていた若いお侍、何処《どこ》の誰だい」

「えっ……」

おもとは戸惑い、半次の顔をまじまじと見つめた。

半次は、自分の頰に僅かな火照《ほて》りを覚えた。

「ああ。親分さん、昨日、湯島天神で同心の旦那と茶店にいらっしゃった……」

「うん……」

「そうでしたか……」

おもとは、親しげに微笑んだ。

「で、あの若いお侍は……」

「あの方は、お旗本の篠塚《しのづか》さまの若さまの新十郎さまですよ」

おもとに悪びれた様子はなかった。

「旗本の篠塚新十郎さまか……」

「ええ……」

土左衛門の身許が割れた。

「御屋敷は何処だい」

「水道橋は三崎稲荷《みさきいなり》の傍ですが、新十郎さま、どうかされたんですか……」

おもとは、形の良い細い眉をひそめた。

「うん。昨日、いつまで一緒だったんだい」

半次は、構わずに訊いた。

「確か亥《い》の刻四つ（午後十時）頃まで……」

「何処で……」

「此処で……」

おもとは、隠そうとしなかった。

「はい。お酒を飲んで、お話をして……」

おもとは、言葉を濁して艶然と笑った。

「そうか……」

「ねえ、親分さん。新十郎さま……」

「今朝、昌平橋の船着場に土左衛門であがってね」

半次は、おもとの言葉を遮《さえぎ》るように告げた。

「土左衛門……」

おもとは驚き、顔色を変えた。

「うん。昨夜、新十郎さまに何か変わった事はなかったかい」

「変わった事ですか……」

おもとの大きな眼に涙が溢れた。

「ああ。湯島天神から此処に来る迄に誰かと喧嘩《けんか》になったとか、帰る時に誰かが追っていったとか……」

「いいえ。そんな事はありませんでしたが……」

おもとは、涙声を震わせた。

零《こぼ》れた涙が頬を伝って滴《したた》り落ちた。

「そうか……」

おもとの言葉に嘘はない……。

半次は見定めた。

「新十郎さま……」

おもとは泣き伏し、肩を激しく震わせた。

二

おもとの泣き声は続いていた。

半次と勇次は、おもとの泣き声を背にして板塀の木戸を出た。

「勇次、仏の身許を半兵衛の旦那に報せてくれ。俺は暫《しばら》くおもとを見張ってみるよ」

「合点です。じゃあ……」

勇次は、神田川に向かって走り去った。

半次は仕舞屋に戻り、居間の様子を窺った。

おもとは泣き続けていた。


大川からの風は、爽やかに座敷を吹き抜けていた。

「男を駄目にする女か……」

半兵衛は、吐息混じりに呟いた。

「はい。付き合った商人は商売に失敗し、大工は普請場の屋根から落ちて大怪我をし、御直参のお旗本はお役目をしくじって甲府勤番《こうふきんばん》に飛ばされたとか。ま、噂はいろいろありましてね。詰《つ》まる処は、男を駄目にする性悪女と専らの噂です」

弥平次は苦笑した。

「しかし、おもとが商売の邪魔をしたり、後から押した訳でもないだろう。別の見方をすれば、おもとは男運の悪い女だとも云える」

「仰る通りでして……」

「お前さん……」

女将のおまきが、座敷の敷居際に来た。

「なんだい……」

「鶴次郎さんがお見えですよ」

「おう。入って貰ってくれ」

「はい……」

おまきは、背後に頷いて見せた。

「遅くなって申し訳ございません。御免なすって……」

緋牡丹の絵柄の半纏を着た鶴次郎が、半兵衛と弥平次に挨拶をしながら入って来た。

「良く此処にいると分かったな」

半兵衛は苦笑した。

「はい。北町奉行所で昌平橋に土左衛門があがったと聞きましてね。昌平橋に行ったら幸吉が弥平次の親分と一緒だろうと……」

「読まれているな……」

半兵衛は苦笑した。

おまきが、茶を淹れ替える仕度をして来た。

「お前さん、勇次が戻りましてね。今、来ますよ」

おまきが、茶を淹れ替えながら告げた。

「そうか……」

「どうぞ……」

おまきは、半兵衛の茶を淹れ替え、鶴次郎に新しい茶を差し出した。

「ありがとうございます」

鶴次郎は、礼を述べて茶をすすった。

「女将、忙しいのに済まないね」

温かい日が続き、船宿が忙しい季節になる。

「いいえ。帳場にはお糸《いと》がおりますので……」

おまきは笑った。

「旦那。近頃おまきは、何でもお糸に任せっ放しですよ」

「旦那。お糸、秋山《あきやま》さまの御屋敷のお手伝いにあがって以来、一段としっかりしましてね。そりゃあもう頼りになるんですよ」

「そいつは良かった」

「ええ……」

おまきは、嬉しそうに笑った。

「親分、旦那……」

勇次がやって来た。

「おう。どうだった」

「はい。仏さんは水道橋は三崎稲荷の傍のお旗本、篠塚新十郎さまです」

勇次は報せた。

「旗本の篠塚新十郎か……」

「はい」

「で、篠塚新十郎の昨夜の足取りは……」

「亥の刻四つ迄、おもとの家で酒を飲んでいて帰ったそうです」

「亥の刻四つ迄ね……」

半兵衛は眉をひそめた。

「はい」

「旦那、どうやら新十郎さまは、酔っ払っていたようですね」

弥平次の眼が僅かに輝いた。

「うん……」

半兵衛は頷いた。

「で、半次はどうした」

「おもとを暫く見張ってみると……」

「そうか。それで勇次、おもとの様子はどうだった」

「は、はい……」

勇次は、戸惑いを浮かべた。

「勇次、遠慮は無用だ。お前が感じた処を教えてくれ」

半兵衛は微笑んだ。

「勇次、旦那のお言葉だ」

弥平次は勇次を促《うなが》した。

「はい……」

勇次は、緊張した面持ちで半次とおもとの遣り取りと自分の感じた事を告げた。

半兵衛、弥平次、鶴次郎は、黙って勇次の話を聞いた。

「おもとは、篠塚新十郎が土左衛門になった件に拘わりないか……」

「はい。あっしはそう思います」

勇次は頷いた。

「良く分かった。御苦労だったね」

半兵衛は勇次を労《ねぎら》った。

「はい……」

勇次は、嬉しげな笑みを浮かべた。

「じゃあ勇次、お前は半次の処に戻り、見張りを手伝いな」

弥平次は命じた。

「合点です。じゃあ御免なすって……」

勇次は、軽い足取りで出て行った。

「じゃあ親分、私は鶴次郎と三崎稲荷の篠塚家に行ってみるよ」

「御苦労さまにございます」

半兵衛は、鶴次郎を伴って船宿『笹舟』を後にした。


仕舞屋は静けさに包まれていた。

半次は、戻って来た勇次と見張りを続けた。

昼時が近付いた。

仕舞屋の木戸が開き、飯炊き婆さんのおたきが竹籠を持って出て来た。

「買い物ですかい……」

「うん。此処を頼む。俺は婆さんに聞き込んでみる」

「承知……」

半次は、勇次を残して飯炊き婆さんのおたきを追った。

おたきは、八百屋《やおや》で筍《たけのこ》や独活《うど》を買った。

「やあ、おたきさん……」

半次は、筍や独活を入れた竹籠を持ったおたきを呼び止めた。

「これは親分さん……」

おたきは、微かな怯えを過ぎらせた。

「どうだい、汁粉なんぞは……」

半次は、おたきを傍らの甘味処《かんみどころ》に誘った。

「えっ……」

おたきは戸惑った。

「ま、良いじゃあねえか……」

半次は、おたきを甘味処に連れ込んだ。


おたきは、美味そうに汁粉を食べた。

半次は、甘酒をすすった。

「美味いかい……」

「えっ。ええ……」

おたきは頷き、嬉しげに笑った。

「どうだい。良かったらもう一杯……」

「いいんですか……」

「ああ。汁粉、もう一杯だ」

半次は、店の小女に頼んだ。

「それでおもと、寝込んでしまったのか……」

「ええ、泣きながら。でも、ひと寝入りすれば、けろっと忘れちまいますよ」

「へえ、そんなもんかね」

「親分さん。それでなきゃあ、女一人、生きちゃあいけませんよ」

おたきは汁粉をすすった。

半次は、おもとの逞《たくま》しさに密かに感心した。

「それでおたきさん、篠塚新十郎さまは、昼時に来て亥の刻四つ迄いたんだね」

「ええ。お酒を飲みながら……」

「その間、二人に変わった事はなかったかな」

「さあ、襖《ふすま》は閉めっきりでしてね。用があればおかみさんが出て来ましたから
……」

おたきは小さく笑った。

「分からないか……」

「ええ……」

おたきは、汁粉を食べ終えた。

「お待ちどおさま……」

小女が、追加の汁粉を持って来た。

「さあ、遠慮は要らないぜ」

半次は促した。

「そうですか。じゃあ……」

おたきは、二杯目の汁粉を食べ始めた。

「本当、久し振りですよ。お汁粉なんて……」

おたきは笑った。

「処《ところ》でおたきさん、おもとに拘わる男、次々と酷い目に遭うのをどう思う」

「そうなんですよね。おかみさん、随分と尽くしているんですけど、男の人の運が悪いと云うか、気の毒ですよ」

「おもとが尽くし過ぎなのかな……」

半次は眉をひそめた。

「かもしれませんが、それで妙な噂を立てられたり、性悪女だなんて呼ばれたり、おかみさんも間尺《ましゃく》に合いませんよ」

おたきは、腹立たしげに汁粉をすすった。

「それにしてもおもと、男に持てるんだね」

半次は感心した。

「おかみさん、人懐《ひとなつ》こい方ですからね。あの大きな眼でじっと見つめてにっこりされちゃあ、男はたいがい参ってしまいますよ。そうでしょう、親分さん……」

おたきは、半次に笑い掛けた。

「う、うん。そうだな……」

　半次は苦笑した。

　三崎稲荷は、神田川に架かる水道橋の南詰にあった。

　半兵衛は、半纏を濃紺の裏に返した鶴次郎を伴って篠塚屋敷を訪れた。

　篠塚家は八百石取りの旗本であり、当主の篠塚主水正《もんどのしょう》は無役の小普請組《こぶしんぐみ》だった。そして、神田川で溺れ死んだ新十郎は、篠塚家の三男で部屋住みだった。

　半兵衛は、応対に出た家来に新十郎の件で用人に逢いたいと告げた。

「新十郎さまの件で……」

「ええ」

「どうぞ、お通り下さい」

　家来は、半兵衛を屋敷内に招いた。

　半兵衛は、鶴次郎を残して篠塚屋敷に入った。

　篠塚家用人の岡本重蔵《おかもとじゅうぞう》は、半兵衛を式台横の使者の間に通した。

「篠塚家用人の岡本重蔵です」

「北町奉行所臨時廻り同心の白縫半兵衛です」

「それで白縫どの、新十郎さまの件とは……」

岡本は、出掛けたまま屋敷に帰って来なかった新十郎を心配していた。

「それなのですが、新十郎どの、今朝方、神田川は昌平橋の船着場に死体であがりましてね」

半兵衛は、岡本を見据えて告げた。

「な、なんと……」

岡本は驚愕し、顔色を変えた。

「身体の何処にも傷や争った痕はなく、どうやら酒に酔い、誤って神田川に落ちたように思われます」

「そんな……」

岡本は呆然とした。

「今、御遺体は湯島の学問所裏の勝成寺《かっせいじ》に安置してあります。早々にお引き取りになられるが良い」

「は、はい。学問所裏の勝成寺ですな」

岡本は、我に返って寺の名を確かめた。

「左様《さよう》。勝成寺です」

「分かりました。わざわざのお報せ、忝《かたじけの》うござった。申し訳ござらぬが、これにて失礼致す」

岡本は、半兵衛を残したまま慌てて奥御殿に向かった。

主の主水正に報せに行った……。

半兵衛は苦笑し、使者の間を出た。


数人の家来と中間たちが、篠塚屋敷から駆け出して行った。

「仏さんを引き取りに行きましたぜ」

鶴次郎は、物陰から見送った。

「うん。それからどうするかだな……」

半兵衛は頷いた。

「旦那、旦那は仏さんが誤って神田川に落ちたと……」

「うん。きっと酒に酔っていて水道橋から足を滑らせたんだと思うよ」

「じゃあ、これで一件落着ですか……」

「さあて、そうなりゃあいいがね」

半兵衛は眉をひそめた。

「旦那……」

鶴次郎は、半兵衛の懸念《けねん》に気付いた。

「篠塚主水正、倅新十郎の死を大人しく納得するかどうかだ……」

半兵衛は、厳しさを過《よ》ぎらせた。

「じゃあ、暫く見張ってみますか……」

「うん。私は篠塚主水正がどんな人柄か調べてみるよ」

半兵衛と鶴次郎は、それぞれのやる事を決めて別れた。


半次は、柳橋の船宿『笹舟』を訪れた。

「いらっしゃいませ。半次の親分さん」

帳場にいたお糸が迎えた。

「こりゃあお嬢さん、弥平次の親分はおいでになりますかい」

「ええ。今、幸吉さんたちも戻り、一緒にいます。どうぞ……」

お糸は、半次を弥平次のいる居間に案内した。

居間では、弥平次が幸吉、雲海坊、由松《よしまつ》たちと一緒にいた。

「お父っつあん、半次の親分さんがお見えですよ」

お糸は弥平次に告げた。

「おお、丁度良い時に来た。まあ、入りな」

「はい。御造作を掛けました、お嬢さん」

「いいえ……」

お糸は帳場に戻った。

「御免なすって……」

半次は、弥平次の脇に控えた。

「これから、幸吉たちの話を聞く処だ」

「じゃあ、あっしも聞かせて貰います」

「うん。それで幸吉、神田川の北側の道に争った痕もなければ、争う男たちを見た者もいないんだな」

「はい。木戸番や夜鳴蕎麦屋《よなきそばや》などにも聞いたんですが、誰一人として見た者はおりませんでした」

幸吉は眉をひそめた。

「それから、神田川の南側の道にも争った形跡はありませんでしたよ」

雲海坊は告げた。

「あっしの聞き込みで目ぼしいものは、亥の刻四つ過ぎに、若い侍が千鳥足で水道橋に向かって行ったたって話ぐらいですか……」

由松は首を捻った。

「由松、そいつは一人だったのか……」

弥平次は尋ねた。

「はい」

「弥平次の親分、どうやらその若い侍が、土左衛門の新十郎さまのようですね」

半次は睨んだ。

「ああ。妻恋町のおもとの家から三崎稲荷の篠塚屋敷に帰る途中、水道橋から誤って落ちたって処か……」

弥平次は、新十郎の足取りを読んだ。

「はい……」

半次は頷いた。

「親分……」

幸吉たちが身を乗り出した。

「うん。土左衛門は、妻恋町のおもとの男で篠塚新十郎さんって旗本の倅でな。

おもとの家で酒を飲んで帰る途中だった」

弥平次は説明した。

「へえ。あの噂のおもとの情夫《おとこ》ですかい……」

幸吉は、戸惑いを過ぎらせた。

「成《な》る程《ほど》、噂通りって奴ですか……」

由松は小さく笑った。

「男を駄目にする性悪女。付き合うのも命懸けって云いますが、あっしはだらしがねえのは男の方だと思いますぜ」

雲海坊は、おもとに同情した。

「雲海坊の云う通りだ。おもとが強《し》いて悪いってのなら、そいつは男運だよ」

弥平次は、厳しい面持ちで告げた。

「親分……」

「違うかい、半次……」

「いいえ。仰る通りです」

半次は頷いた。

「うん。みんな、昌平橋の土左衛門の一件は、誤って落ちたって事だ。いいな」

弥平次は、幸吉、雲海坊、由松に告げた。

「承知しました」

幸吉たちは頷いた。

昌平橋の土左衛門の一件は終わった。

「御苦労だったな。こいつで一杯やってくれ」

弥平次は、幸吉に一分金を渡した。

「ありがとうございます。じゃあ……」

幸吉たちは、居間から引き取った。

「半次、おそらく半兵衛の旦那も俺と同じ睨みだよ」

「はい……」

「それにしても、おもとに又悪名が増えたたな」

「ええ。気の毒に……」

弥平次と半次は、おもとを憐れんだ。

三

半兵衛は、旗本八百石篠塚主水正の人柄を調べた。

篠塚主水正は、気の短い狷介《けんかい》な人柄で敵も多く、公儀の役目も長く勤まらないと評判の人物だった。そして、主水正は三男で末っ子の新十郎を可愛がっていた。

面倒な事になりそうだ……。

半兵衛は、悪い予感を覚えた。

篠塚新十郎の遺体は、家来たちによって屋敷に戻った。

鶴次郎は、斜向《はすむ》かいの旗本屋敷の中間頭に金を握らせ、中間部屋の窓から見届けた。

「やっぱりねえ……」

中間頭は妙に感心した。

「なんだい……」

鶴次郎は戸惑った。

「いやね。新十郎さま、噂のおもとと付き合っているらしいと聞いてね。こんな事にならなきゃあいいがと心配していたんだぜ」

中間頭は声を潜めた。

篠塚新十郎が、おもとと付き合っていた事は他家の中間に迄、知れていた。

「そうか、知っていたのかい……」

「そりゃあもう。この界隈の屋敷の中間小者で知らない者はいないよ」

中間頭は笑った。

「それ程、知れているのか……」

「ああ。新十郎さま、酔っ払って水道橋から落ちたのなら身から出た錆《さび》だが、お殿さまが黙っているかな……」

中間頭は眉を曇らせた。

「篠塚の殿さま、そんなお人なのかい」

「ああ。口の利き方や立ち振る舞い一つにも煩《うるさ》い御方でね。家来や奉公人、今迄に何人も手討ちにされているんだぜ」

中間頭は、恐ろしそうに身震いした。

「そいつは面倒だな……」

鶴次郎は眉をひそめた。

篠塚屋敷から二人の家来が現れ、三崎稲荷に向かった。

「誰だい……」

「権藤《ごんどう》と柳井《やない》って家来でね。お殿さまの近習で剣術自慢の野郎共だ」

「剣術自慢ね……」

鶴次郎は、権藤と柳井に剣呑《けんのん》なものを感じた。

「ちょいと追ってみるか……」

鶴次郎は、旗本屋敷の中間部屋を出て権藤と柳井を追った。


三崎稲荷は、水道橋の南詰の西にあった。

権藤と柳井は、水道橋を渡って神田川の北詰に出た。そして、神田川沿いの道を東に進んだ。

何処に行く……。

鶴次郎は、慎重に尾行した。

権藤と柳井は、尾行などを警戒する気配も見せずに進んだ。

それは、尾行を警戒する気配りがないのか、それとも尾行されても構わないと思っているからなのか……。

鶴次郎は、権藤と柳井を尾行した。

権藤と柳井は、神田川沿いの道から本郷の武家屋敷街に入った。本郷の通りを横切り、尚も進むと妻恋町になる。

権藤と柳井の行き先は、妻恋町のおもとの家なのか……。

鶴次郎は緊張した。

もし、おもとの家に行くのなら何をしに行くのだ……。

鶴次郎は、権藤と柳井を追った。


妻恋町のおもとは、新十郎の死を知ってから家に閉じ籠ったままだった。

半次は、船宿『笹舟』から戻り、見張っていた勇次を近くの蕎麦屋に誘った。

「御苦労だったね勇次……」

半次は、勇次の猪口に酒を注いでやった。

「畏れいります」

勇次は、緊張した面持ちで半次の酌を受けた。

「それで、篠塚新十郎さんは殺されたんじゃあなく、誤って神田川に落ちて溺れ死んだって事だ……」

半次は、猪口の酒をすすった。

「それで土左衛門とは、気の毒な方ですね」

勇次は眉をひそめた。

「ま、好きな女と酒を飲んで遊んだ後だ。当人は良い気分だったかもしれないよ」

半次は苦笑した。

「そうかもしれませんね……」

勇次は、半次の猪口に酒を満たした。

権藤と柳井は、おもとの家を窺った。

何をする気だ……。

鶴次郎は見守った。

権藤と柳井は、おもとの家の周囲に不審な気配がないのを見定め、板塀の木戸を開けて忍び込んだ。

危ねえ……。

鶴次郎は木戸口に走り、中の様子を窺った。

権藤と柳井は、格子戸の音を忍ばせて開けていた。だが、格子戸が僅かに鳴った。

「誰だい……」

家の中から大年増の声がした。

飯炊き婆さんだ……。

鶴次郎は見守った。

権藤と柳井は、嘲笑を浮かべて家の中に入ろうとした。

「なんだい、お侍さんたちは……」

飯炊き婆さんの咎《とが》める声がした。

「おもとはいるか……」

「おかみさんに何の用だい……」

飯炊き婆さんの戸惑った声がした。

「一緒に来て貰う」

権藤と柳井が踏み込んだのか、飯炊き婆さんが悲鳴をあげた。

権藤と柳井は、おもとを篠塚屋敷に連れ去ろうとしている。

鶴次郎の勘が囁いた。

これ迄だ……。

「人攫《ひとさら》いだ。人攫い……」

鶴次郎は叫んだ。

権藤と柳井は怯んだ。

鶴次郎は、表に出て大声で叫び続けた。

「人攫いだ。誰か来てくれ。人攫いだ……」

行き交う人が足を止め、近くに住む者たちが飛び出して来た。

権藤と柳井は、鶴次郎を追って慌てて外に出て来た。

「おのれ、下郎」

権藤は、叫ぶ鶴次郎に刀を抜いて襲い掛かった。

鶴次郎は、叫びながら逃げ廻った。


鶴次郎の叫び声が聞こえた。

「半次の親分……」

勇次は、満面に緊張を浮かべた。

「うん」

半次と勇次は、蕎麦屋を飛び出した。

鶴次郎が、二人の武士と渡り合っていた。

「鶴次郎……」

半次は、十手を構えて鶴次郎たちに猛然と駆け寄った。

勇次が、萬力鎖《まんりきぐさり》を握り締めて続いた。

「何だ、こいつら」

半次は怒鳴った。

「人攫いだ。女を攫おうとした人攫いだ」

鶴次郎は大声で叫んだ。

見守る人々は、権藤と柳井に憎しみの視線を向けて囁きあった。

「御用だ。人攫い。神妙にしやがれ」

半次は、権藤と柳井に十手を向けた。

「おのれ……」

権藤は怯んだ。

「権藤……」

柳井は、おもとを連れ去るのを諦《あきら》め、権藤を促して身を翻《ひるがえ》した。

権藤は、口惜《くや》しげに柳井に続いた。

「怪我はねえか……」

「ああ。助かったぜ。半次、勇次……」

鶴次郎は、息を荒く鳴らした。

集まっていた人々は散り始めた。

「奴ら、ひょっとしたら篠塚家の家来か」

半次は睨んだ。

「ああ。おもとを屋敷に連れて行こうとしやがった」

「じゃあ……」

勇次は眉をひそめた。

「うん。新十郎が土左衛門になったのを、おもとの所為《せい》だと怨んでいるのかもな」

鶴次郎は吐き棄てた。

「半次の親分、鶴次郎さん、あっしは半兵衛の旦那に報せてきます」

勇次は、今にも駆け出さんばかりだった。

「そうしてくれるか……」

「合点です。じゃあ……」

勇次は、北町奉行所に向かって走り去った。

「半次、おもとを頼む。俺は篠塚家の出方を見張る」

「承知……」

半次は、駆け去る鶴次郎を見送り、おもとの家に向かった。


おもとと飯炊き婆さんのおたきは、座敷で身を寄せ合って震えていた。

「大丈夫かい……」

半次は、庭先から声を掛けた。

「親分さん……」

おもととおたきは、半次の顔を見て安堵の声をあげた。

「あの侍たち、おかみさんを連れて行こうとしたんだって……」

「ええ。一緒に来て貰うと……」

おたきは、恐ろしそうに声を震わせた。

「そうか。とにかく無事で良かった」

「怖かった。親分さん……」

おともは、大きな眼に涙を溜《た》めて半次を見つめた。

勇次は、喉を鳴らして水を飲み干し、大きく息をついた。

「それで勇次、おもとを連れ去ろうとした二人の侍、鶴次郎が追って来たんだな」

「はい。きっと……」

「そうか……」

篠塚屋敷を見張っていた鶴次郎が追って来たのなら、二人の侍が篠塚家の家来と見て間違いはない。

篠塚家の家来がおもとを連れ去ろうとしたのは、主の主水正の意向に他ならないのだ。

半兵衛は睨んだ。

篠塚主水正は、連れ去るのに失敗したまま黙っているのか……。

半兵衛は、主水正の人柄を思い出した。

「よし、勇次。私はおもとの家に行く。お前はこの事を柳橋に報せてくれ」

「合点です。じゃあ、御免なすって……」

勇次は、威勢良く北町奉行所から駆け出して行った。

半兵衛は、妻恋町のおもとの家に急いだ。

権藤と柳井は、篠塚屋敷に入って行った。

鶴次郎は、斜向かいの旗本屋敷の中間部屋に戻った。

「権藤と柳井の野郎、おもとを連れに行ったんだろう」

中間頭は薄笑いを浮かべた。

「ああ……」

鶴次郎は、中間頭が知っているのに戸惑った。

「篠塚屋敷の中間から聞いたんだがな。殿さま、新十郎さまが死んだのに血迷い、おもとを手討ちにすると怒り狂っているそうだぜ」

中間頭は、篠塚屋敷の中間に抜け目なく探りを入れていた。

「手討ちか……」

「ああ。手前の倅の間抜けさ加減を棚に上げ、いい気なもんだ」

中間頭は嘲り笑った。

「おもとを連れて来るのに失敗して、これからどう出るかだな……」

鶴次郎は眉をひそめた。

「そいつなら、時々向こうの中間に探りを入れてみるぜ」

「そうか、造作を掛けるな。じゃあ、こいつを使ってくれ」

鶴次郎は、中間頭に一分金を握らせた。

「度々、済まねえな……」

中間頭は、一分金を握り締めて嬉しげに笑った。

篠塚主水正は次にどう出るか……。

鶴次郎は、中間部屋の窓から静まり返っている篠塚屋敷を見守った。


日は長くなり、妻恋町は暮六つが近付いても明るかった。

半兵衛は、おもとの住む仕舞屋を訪れた。

「旦那……」

半次が物陰から現れた。

「話は勇次から聞いたよ。で、おもとは……」

「家にいますが、篠塚さまがどう出るか……」

半次は、心配げに眉をひそめた。

「うん。そいつなんだが、このままにはしておけないな」

「はい……」

半次は頷いた。

「さあて、どうするか……」

何《いず》れにしろ、篠塚主水正がこのまま黙っている筈はないのだ。

おもとをこのまま家に置いておく訳にはいかない……。

半兵衛は、思いを巡らせた。

「旦那、柳橋の親分と勇次です……」

半次は、往来を来る弥平次と勇次を示した。

「うん。私が来て貰ったんだ。半次、見張りを続けてくれ……」

半兵衛は、半次を残して近くの蕎麦屋の暖簾《のれん》を潜った。

弥平次は、半次に頷いて蕎麦屋に入った。勇次は、半次に駆け寄った。

「半次の親分。幸吉の兄貴と雲海坊さんがおもとの家の裏手に張り込み、由松さんが三崎稲荷の篠塚屋敷に行きました」

勇次は、半次に囁いた。

「流石《さすが》は柳橋の親分だ。助かるぜ」

半次は、弥平次の手際の良さに感謝した。

陽は沈み、妻恋町は夕闇に包まれた。

半兵衛は熱い茶をすすった。

「旦那。おもと、早々に何処かに匿《かくま》った方が無難ですね」

弥平次は眉をひそめた。

「うん。私もそう思うよ」

「如何《いかが》です。宜しければ笹舟に連れて行きましょうか」

「そうして貰えれば安心だが、笹舟も忙しい時期だし、半次は十手を見せた。界隈の岡っ引となりゃあ、先ず割り出されるのは柳橋の弥平次だよ」

「となりゃあ、笹舟はすぐに眼を付けられますか……」

弥平次は、厳しさを滲ませた。

「きっとね……」

「じゃあ、藪十《やぶじゅう》の長八《ちょうはち》に預かって貰うのは如何ですか」

長八は、古くから弥平次の手先を勤めている男であり、今は柳橋の南詰で『藪十』と云う蕎麦屋を営んでいた。

「そうか、長八の藪十か……」

「はい。藪十なら笹舟にも近いし、寅吉《とらきち》にも来て貰います」

寅吉は、行商の鋳掛屋《いかけや》をしており、長八と共に弥平次の古くからの手先だ。

「そうか、寅吉にも来て貰うか……」

「はい。それとあっしが……」

弥平次は頷いた。

「よし。藪十の長八に預かって貰おう」

半兵衛は決めた。

妻恋町は夜の闇に包まれた。


篠塚主水正は、苛立たしげに酒を呷《あお》った。

用人の岡本重蔵は、主の篠塚の指示を黙って待っていた。

「それで岡本、おもとの家は岡っ引が護っていると申すか……」

「権藤と柳井によれば、あっと云う間に三人の岡っ引が集まり、人攫いだと騒ぎ立てたとか。一筋縄でいく奴らではないかと存じます」

「おのれ。何処の岡っ引だ……」

「おそらく、柳橋の弥平次と申す岡っ引の配下たちかと……」

「柳橋の弥平次……」

篠塚は眉をひそめた。

「はい。江戸でも名高い老練《ろうれん》な岡っ引です」

「何が江戸でも名高い岡っ引だ。高《たか》が不浄役人の手先。分《ぶん》を弁《わきま》えずに邪魔をし刃向かえば、無礼討ちにしてくれる」

篠塚は息巻いた。

「殿、ではございますが……」

岡本は焦った。

「黙れ、岡本。おもとなる性悪女は、新十郎を誑《たぶら》かした挙げ句、死なせたのだ。その罪は許せるものではない。引き立てて来れぬのなら、儂《わし》が出向いて手討ちにする迄だ」

篠塚は盃を膳に叩き付け、刀を握って立ち上がった。

「殿、落ち着いて下され。殿」

岡本は平伏し、篠塚に必死に頼んだ。

「黙れ、邪魔立て致すな」

篠塚は、岡本を蹴り飛ばした。

四

篠塚屋敷の前に男が佇み、辺りを見廻した。

由松……。

鶴次郎は、佇んだ男が由松だと気付き、手燭《てしょく》の明かりを己の顔に近づけた。

由松は、斜向かいの旗本屋敷の中間部屋の窓に明かりが過《よ》ぎり、鶴次郎の顔が浮かんだのに気付いた。

由松は、旗本屋敷の明かりの過ぎった窓の傍に張り付いた。

「来てくれたのか……」

鶴次郎は囁いた。

「はい。おもとの処には、幸吉っつあんと雲海坊の兄貴が行きました」

由松は、篠塚屋敷を見つめながら告げた。

「そうか……」

「で、篠塚屋敷の奴らは……」

「今の処、静かなものだ……」

「じゃあ、あっしは三崎稲荷から見張ります」

「ああ……」

由松は、夜の闇に消え去った。

鶴次郎は、篠塚屋敷を見張り続けた。

「篠塚の殿さま、押し掛けるらしいぜ」

中間頭が入って来た。

「押し掛ける……」

鶴次郎は戸惑った。

「ああ。おもとを引き据えての手討ちが無理なら、押し掛ける迄だと、用人の岡本さまが止めるのも聞かずにな」

「そうかい……」

鶴次郎は、緊張を滲ませた。

「殿さま、もう頭に血が昇ってどうしようもねえそうだぜ」

中間頭は苦笑した。

鶴次郎は、三崎稲荷に駆け寄った。

「鶴次郎さん……」

由松が、三崎稲荷の暗がりから現れた。

「由松。篠塚主水正、家来を従えておもとの家に押し掛けるそうだ」

「殿さまの御出馬ですかい……」

由松は眉をひそめた。

「ああ。そして、おもとを手討ちにするって魂胆だ」

鶴次郎は嘲りを浮かべた。

「倅が倅なら、親父も親父ですか……」

由松は呆れた。

「それで由松、この事を半次たちに報せてやってくれ。俺は奴らの後から行く」

「承知。じゃあ……」

由松は、妻恋町に向かって夜道を走った。

鶴次郎は見送った。

篠塚屋敷の潜り戸が開き、提灯を持った家来たちが出て来た。

鶴次郎は、三崎稲荷の暗がりに潜んで見守った。

家来たちの中には権藤と柳井もおり、頭巾《ずきん》を被った武士を護るように囲んで水道橋に向かった。

頭巾の武士は篠塚主水正……。

鶴次郎は見定め、尾行を始めた。

篠塚主水正は、権藤と柳井たち四人の家来を従えて妻恋町に急いだ。

鶴次郎は追った。


おもとの家には明かりが灯されていた。

篠塚主水正は、権藤や柳井たち家来を従えて往来に現れた。

「殿、様子を窺って来ます。此処でお待ち下さい」

権藤は、篠塚に告げた。

「うむ……」

篠塚は頷いた。

「柳井……」

権藤は柳井を促し、篠塚と二人の家来を残しておもとの家に近付いた。

板塀の向こうに窺えるおもとの家には、明かりが灯されていた。

権藤と柳井は、岡っ引たちが潜んでいないか周囲を窺った。

周囲の暗がりに人気《ひとけ》はなく、岡っ引が潜んでいる気配はなかった。

「柳井……」

権藤は、柳井に人の気配がない事の同意を求めた。

「うむ……」

柳井は頷いた。

権藤は、篠塚と二人の家来に合図をした。

篠塚と二人の家来は、権藤と柳井の許に近付いた。

「岡っ引たちが潜んでいる気配はありません」

権藤は、篠塚に囁いた。

「よし。踏み込め……」

篠塚は命じた。

権藤は、板塀の木戸を抉《こ》じ開《あ》けて忍び込んだ。柳井と篠塚、二人の家来が続いた。

おもとの家には明かりが灯され、人のいる気配がした。

篠塚は、権藤と柳井たち家来を従えて庭先に廻った。

居間の雨戸は開いていた。

障子には行燈《あんどん》の明かりが映え、伽羅の香りが仄かに漂っていた。

「殿……」

「よし。おもとなる女を連れ出し、庭に引き据えろ」

篠塚は、権藤と柳井に命じた。

権藤と柳井は、縁側に上がって障子を開けた。

次の瞬間、権藤と柳井は弾かれたように縁側から飛び降り、篠塚を庇《かば》って身構えた。

居間では半兵衛が香を焚《た》いていた。

香炉からは紫煙が立ち上り、伽羅の香りが漂っていた。

「おのれは……」

権藤は、刀の鯉口《こいぐち》を切った。

「北町奉行所臨時廻り同心の白縫半兵衛。おもとに代わって用件を聞くよ」

半兵衛は、笑みを浮かべて縁側に立った。

「おのれ、不浄役人の分際で直参旗本の……」

篠塚は熱《いき》り立った。

「待て……」

半兵衛は、篠塚の言葉を厳しく遮った。

篠塚は、思わず言葉を飲んだ。

「それ以上の名乗りは、後々命取りになりますよ」

半兵衛は、篠塚を見据えて告げた。

「命取り……」

篠塚は戸惑った。

幾つもの龕燈《がんどう》の明かりが庭に現れ、篠塚と権藤や柳井たち家来に集中された。

半次、幸吉、雲海坊、由松、勇次、そして鶴次郎たちだった。

篠塚と権藤や柳井たち家来は、思わず怯んだ。

「直参旗本が家来を従え、夜更けに女の家に押し入ったと、天下に知れ渡ると只では済みませぬぞ」

「只では済まぬだと……」

篠塚は、怯んだ己を必死に立ち直らせようとした。

「左様。明日の朝にはこの事実が洩れ、昼には江戸中に広がり、日暮れには公儀の知る処となる……」

半兵衛は冷笑を浮かべた。

「なに……」

篠塚は、恐怖に衝《つ》き上《あ》げられた。

旗本のおもと襲撃が天下に知れ渡ると、目付《めつけ》や評定所《ひょうじょうしょ》は黙ってはいない。

公儀にしてみれば、八百石取りの無役の小普請旗本など、扶持米《ふちまい》を無駄に使っているだけの余計な存在なのだ。

旗本篠塚家を取り潰すのに、公儀に容赦や躊躇《ためら》いはない。

篠塚は、己の押し込みが危険極まりない所業だと漸《ようや》く気付いた。

「お、おのれ……」

篠塚は、顔色を変えて震えた。

権藤と柳井たち家来は、主が窮地に追い込まれたのを知って顔を見合わせた。

「と、殿……」

権藤は狼狽《うろた》えた。

「斬れ。権藤、無礼な不浄役人を斬り棄てろ」

篠塚は、権藤の狼狽えた声に苛立ち、思わず怒鳴った。

権藤は、弾かれたように刀を抜き、縁側にいる半兵衛に鋭く斬り掛かった。

半兵衛は縁側から飛び降り、権藤の刀を躱《かわ》した。

権藤と半兵衛は交錯した。

縁側にあがった権藤は振り返り、庭に降りた半兵衛に斬り付けようとした。
刹那《せつな》、半兵衛は振り返りもせずに己の背後に抜き打ちの一刀を放った。
権藤の下腹が斬られ、着物に血が滲んで広がった。
田宮流抜刀術の見事な一刀だった。
「権藤……」
柳井は叫んだ。
権藤は、苦しげに顔を歪めて縁側から庭に落ちて倒れた。
「や、柳井……」
篠塚は、激しく狼狽えた。
柳井は、血走った眼で刀を抜いた。
半兵衛は刀を閃《ひらめ》かせた。
柳井の腕から血が飛び、刀が地面に落ちて音を立てた。
柳井は、斬られた腕を押さえて蹲《うずくま》った。
二人の家来たちが刀を抜こうとした。
半兵衛は、篠塚の喉元に素早く刀の切っ先を突き付けた。
篠塚は仰け反り、二人の家来は怯んだ。

半兵衛の刀の切っ先から血が滴った。

篠塚は震えた。

「これ以上は無駄な斬り合い……」

半兵衛は、篠塚を厳しく見据えた。

「黙れ。おもとを、新十郎を死なせたおもとなる女を出せ……」

篠塚は、喉を激しく震わせて声を嗄《から》した。

「篠塚さま、おもとを怨むのは筋違い。怨む相手は、余りにもだらしのない死を遂げ、武門の恥を曝《さら》して家名を汚した新十郎どのではありませんか……」

半兵衛は、厳しく云い放った。

篠塚は項垂《うなだ》れた。

静寂が訪れた。

半兵衛、半次、鶴次郎、幸吉、雲海坊、由松、勇次は、篠塚を見守った。

権藤の苦しげな呻きが、静寂を破った。

「今、医者に診せれば命は助かる。早々に連れて行くが良い」

半兵衛は、静かに告げた。

「みんな……」

柳井は、二人の家来を促した。

二人の家来は頷き、倒れて呻いている権藤を背負って木戸に向かった。

「殿、最早《もはや》これ迄です」

柳井は、項垂れている篠塚を促した。

「柳井……」

篠塚の声は嗄《しやが》れ、老いを滲ませた。

「御屋敷に帰りましょう……」

柳井は、篠塚に囁いた。

篠塚は力なく頷いた。その姿は、可愛がっていた我が子を亡くして血迷った老父でしかなかった。

半兵衛は、篠塚に微かな憐れみを覚えた。

柳井は、半兵衛に深々と頭を下げ、篠塚を労《いたわ》るようにして立ち去った。

半次、鶴次郎、幸吉、雲海坊、由松、勇次は道を空けた。

篠塚主水正は、柳井に護られておもとの家から立ち去った。

半兵衛は見送った。

「旦那、屋敷に戻るかどうか見届けますか」

半次は、半兵衛の指示を仰いだ。

「うん。心配はないと思うが。鶴次郎、一緒に行ってくれ。私は柳橋に事の次第を報せるよ」

「承知しました。鶴次郎……」

「うん。じゃあ……」

半次と鶴次郎は、篠塚たちを追った。

「幸吉、雲海坊、由松、勇次、御苦労だったね。いろいろ助かったよ」

半兵衛は、幸吉たちを労って柳橋に向かった。

幸吉、雲海坊、由松、勇次は続いた。

「半兵衛の旦那。篠塚さま、これで大人しくなりますかね」

幸吉は眉をひそめた。

「ま、そうなって欲しいものだ……」

篠塚主水正は、倅・新十郎の死をありのままに受け入れるだろうか……。

半兵衛は、確信が持てなかった。

「旦那。もし、篠塚さまが又おもとを狙ったらどうします」

雲海坊は、冷たい笑みを過ぎらせた。

「その時は、本当の事を公儀に届け、江戸中に言い触らす迄だ」

半兵衛は苦笑した。

「その時は任せて下さい……」

由松は笑った。

半兵衛と幸吉たちは、妻恋坂を明神下の通りに下った。

月は蒼白く輝いた。


翌日、おもとは蕎麦屋『藪十』から妻恋町の家に戻った。

篠塚主水正は、三男の新十郎の死を病死と公儀に届け出た。

半兵衛は、篠塚主水正の届けに異を唱えなかった。


「いいんですか、旦那……」

半次は眉をひそめた。

「半次、此処で騒ぎ立てれば、おもとに思わぬ迸《とばっち》りが及ぶかもしれぬ……」

半兵衛は、厳しさを滲ませた。

「じゃあ、知らん顔ですか……」

「うん。それに騒ぎ立てれば、おもとに付き纏う世間の噂を高めるばかりだからね」

半兵衛は、おもとの身を心配した。

「そいつは拙《まず》いですね」

半次は、微かな焦りを浮かべた。

「おもとは、おもとなりに一生懸命に生きている。たとえ悪い噂が立ち、性悪女と呼ばれても、付き合った男にはそれなりに尽くしているのは間違いない」

「はい……」

半次は、大きな眼で見つめるおもとの顔を思い出した。

「半次。世の中には、私たちが知らん顔をした方が良い事がある。この一件、そっとして置くんだな……」

半兵衛は笑った。

初夏の風は爽やかに吹き抜け、神田川には行き交う船の櫓《ろ》の軋《きし》みが長閑《のどか》に響いていた。

半兵衛は、柳橋の弥平次に用があって船宿『笹舟』に向かっていた。そして、神田川に架かる柳橋に差し掛かった時、伽羅の微かな香りを嗅いだ。

おもと……。

半兵衛は、おもとを思い出して辺りを見廻した。だが、柳橋や神田川沿いの道におもとはいなかった。

気のせいか……。

半兵衛が柳橋を渡ろうとした時、橋の下を屋根船が櫓の軋みを鳴らして通った。

再び伽羅の香りがした。

半兵衛は、大川に向かって行く屋根船を見た。

屋根船の開け放たれた障子の内に、おもとがお店の若旦那風の男と一緒にいるのが見えた。

やはり、おもとだ……。

おもとは、若旦那風の男に身体を寄せて酒を酌していた。

半兵衛は見守った。

おもとは、大きな眼を活き活きと輝かせて笑っていた。

新しい男……。

おもとは悪い噂にもめげず、おもとなりに一生懸命に生きている。
逞しいもんだ……。
半兵衛は苦笑した。
屋根船は、おもとを乗せて大川に去って行った。
伽羅の微かな香りが、半兵衛の鼻先を過ぎって消えた。

この作品は双葉文庫のために書き下ろされました。

双葉文庫

ふ-16-19

知《し》らぬが半兵衛手控帖《はんべえてびかえちょう》

忘《わす》れ雪《ゆき》

2013年1月13日　第1刷発行

【著者】
藤井邦夫《ふじいくにお》

【発行者】
赤坂了生
【発行所】
株式会社双葉社
〒162-8540 東京都新宿区東五軒町3番28号
［電話］03-5261-4818(営業)　03-5261-4833(編集)
www.futabasha.co.jp
(双葉社の書籍・コミックが買えます)
【印刷所】
株式会社亨有堂印刷所
【製本所】
株式会社若林製本工場

【表紙・扉絵】南伸坊
【フォーマット・デザイン】日下潤一
【フォーマットデジタル印字】飯塚隆士

落丁・乱丁の場合は送料双葉社負担でお取り替えいたします。
「製作部」宛にお送りください。
ただし、古書店で購入したものについてはお取り替えできません。
［電話］03-5261-4822(製作部)

定価はカバーに表示してあります。

ISBN978-4-575-66598-7 C0193
Printed in Japan